D0564160

Enquête au collège

Jean-Philippe Arrou-Vignod

P. P. Cul-Vert détective privé

Illustrations de Serge Bloch

GALLIMARD JEUNESSE

Pour Aurélien et Camille

1
P. P. traverse la Manche

Puisqu'il faut un héros à cette histoire, autant me présenter tout de suite.

Moi, Pierre-Paul Louis de Culbert, célébrissime élève de 4e 2 au collège Chateaubriand, je me tenais ce jour-là cramponné au bastingage d'un car-ferry, entre Douvres et Calais, dans une position à vrai dire fort peu héroïque, quand une main compatissante se posa sur mon épaule :

– Tu es sûr que ça va, P. P. ? Tu devrais rentrer t'asseoir un peu, tu es tout pâle.

Au même instant, un nouveau roulis du navire m'obligeait à plonger du nez par-dessus le bastingage.

– Non, parvins-je à articuler au prix d'un douloureux effort sur moi-même. Qu'on me laisse mourir en paix.

– Comme tu voudras, soupira Mathilde.

Et, cédant à l'appel d'une frivolité typiquement féminine, elle m'abandonna à mon triste sort pour rejoindre Rémi qui dépensait dans les machines à sous du bord la quasi-totalité de son argent de poche.

Seul le souci d'épargner à Mathilde l'atroce spectacle de mon agonie m'avait fait refuser les bonbons à la menthe qu'elle me tendait. Livré désormais aux intempéries, le cœur au bord des lèvres, je laissai libre cours à la révolte de mon estomac.

Quelle absurde raison avait pu pousser un héros de ma trempe sur les éléments déchaînés, à des kilomètres de mon petit lit douillet et de l'envahissante affection de ma sœur, Rose-Lise de Culbert ?

J'ai toujours détesté les voyages, et plus encore les voyages scolaires. L'idée de confier ma prodigieuse personne à la traîtrise des flots ne me serait jamais venue si nous n'avions, durant l'année, entretenu une correspondance avec nos voisins d'outre-Manche.

Malgré les efforts de Mlle Pencil, notre professeur d'anglais au collège Chateaubriand, cette heureuse initiative s'était vite bornée, en ce qui concerne notre ami Pharamon, à un échange muet de photographies de footballeurs et de vedettes de la chanson.

Mais le Britannique n'est pas rancunier. Les piètres compétences linguistiques de ce pauvre Rémi n'avaient pas empêché la classe d'être conviée pour la durée des vacances de Pâques à séjourner à Linbury, paisible localité située au sud de Londres.

Bien que ma moyenne en anglais avoisine la perfection, je m'étais empressé d'accepter, heureux de mettre entre ma sœur et moi la largeur de la Manche.

« Au moins, mon sacrifice n'aura pas été vain », pensai-je en revoyant sa déception d'être privée durant quinze jours de sa victime préférée.

Ragaillardi par cette idée, je gagnai les salons avec toute la dignité possible, bien décidé à ne pas me laisser abattre aussi facilement.

Le reste de la classe s'était éparpillé dans les coursives, mon estomac s'était un peu calmé : quelques révisions judicieuses s'imposaient.

Ouvrant mon petit guide, je tentai de rafraîchir mes connaissances.

« Angleterre, dite Perfide Albion, commençai-je. Superficie : 244 000 km^2 ; population : 59 millions d'habitants. Productions principales :

charbon, Christmas pudding, imperméables, théières décorées… »

D'ordinaire, mon cerveau génial fonctionne à la vitesse d'un ordinateur. En comparaison, celui de Rémi ressemblerait plutôt à un vulgaire boulier chinois.

Cette fois, pourtant, je ne pus aller plus loin. Les connaissances se bousculaient dans ma cervelle malmenée comme des caisses ballottées dans la cale d'un navire.

Sur cette dernière image, je n'eus que le temps de gagner le pont supérieur avant de rendre à la mer les restes du sandwich au saucisson imprudemment avalé au moment du départ…

2
Bienvenue à Linbury !

Je passerai sous silence le reste du voyage.

Entre l'instant où Rémi, pendu à une échelle de coupée, avait hurlé « Terre ! », montrant les falaises de Douvres qui oscillaient sur l'horizon, le débarquement et la fin du trajet en car, rien de ce qui arriva ne peut véritablement servir ma gloire…

À peine en effet avions-nous retrouvé la terre ferme qu'un autre type de nausée me terrassa. Quittant le port, le chauffeur du car s'était engagé résolument à contre-voie, me donnant la fâcheuse impression de tout voir inversé comme dans le cadre d'un miroir.

– Laissez-moi descendre ! balbutiai-je. Il va nous tuer !

– Imbécile ! ricana Rémi. Tu sais bien qu'on roule à gauche en Angleterre.

Brisé par le sort, je fermai les yeux et me tassai sur mon siège, agrippé au petit sac en plastique que nous avait distribué Mlle Pencil, adoptant un masque d'impassible indifférence aux circonstances qui s'acharnaient contre moi.

Quand je rouvris les yeux, la nuit commençait à tomber.

– *Wake up*, P. P. ! Allons, flemmard, réveille-toi ! On est presque arrivés.

– Je ne dormais pas, bégayai-je noblement. Je réfléchissais !

Au même instant, un coup de frein violent déversait sur ma tête une pluie de chaussettes, piles usagées, brosse à dents, tablettes de chocolat et autres produits de première urgence. Mon sac, excessivement bourré par les soins de ma sœur, Rose-Lise de Culbert, venait d'exploser sous le choc.

Encore une manœuvre, périlleusement exécutée, et le car se rangea sur ce qui ressemblait à une petite place de marché.

Nous étions arrivés à Linbury.

– N'oubliez pas, dit Mlle Pencil tandis que chacun s'empressait de rassembler ses affaires. Vous représentez le collège et, mieux encore, la France ! J'attends de vous une conduite irréprochable.

– Regarde, fit Rémi en enfonçant son coude droit dans mes côtes. Notre comité d'accueil.

J'eus un petit pincement au cœur en distinguant à travers la vitre le groupe qui nous attendait, debout sous des parapluies et le visage figé par un sourire accueillant de *bull-dog*.

Comme nous descendions du car, un petit homme replet s'avança vers nous.

– Bienvenue à tous ! s'écria-t-il en agitant son chapeau ruisselant. Vous avez de la chance : temps typiquement anglais ! Je suis Mr Bird, professeur de français au collège de Linbury. *Bird*, comme oiseau... piou-piou, ajouta-t-il en battant comiquement des coudes comme s'il cherchait à s'envoler. Vous logez chez moi, chère collègue.

Il tira des listes de sa poche et commença la répartition dans les familles.

Chaque fois qu'un Anglais s'avançait, nous nous regardions avec anxiété.

– Les miens s'appellent Smith, murmura Mathilde. J'espère que ce ne sont pas ceux-là...

Puis le nom de l'heureux élu tombait, et nous le regardions s'éloigner d'un air navré derrière ses hôtes.

– Pas de *shake-hand*, me répétais-je. Les Anglais

détestent qu'on leur serre la main. Pas question de faire mauvaise impression, mon vieux Pierre-Paul. L'honneur de la 4e 2 dépend de toi !

Au fur et à mesure que les rangs s'éclaircissaient, j'avais du mal à modérer mon impatience. Parmi les quelques Anglais qui restaient, une famille ignorait encore la chance inouïe qui était la sienne : avoir tiré au sort, dans cet échantillon d'élèves disparate et bruyant, le seul, l'unique Pierre-Paul de Culbert...

Un pur produit du raffinement français allait entrer dans leur foyer tel un rayon de soleil dans ce soir pluvieux. Je devais être à la hauteur de ce moment historique.

– Mathilde Blondin ! claironna Mr Bird. Chez Mr et Mrs Smith.

– C'est mon tour, dit cette dernière. Souhaitez-moi bonne chance...

Elle n'en avait pas besoin.

Un homme élégant s'approcha, fit une petite courbette et baisa la main hésitante qu'elle lui tendait. Puis, avant qu'elle ait eu le temps de revenir de sa surprise, il lui prit galamment son sac de voyage et la conduisit vers une magnifique Jaguar dont les chromes étincelaient sous la pluie.

– Mince ! s'exclama Rémi. La veinarde ! Monter dans une voiture pareille !

Je ne sais pourquoi, je sentis mon cœur se serrer imperceptiblement en la voyant disparaître dans la Jaguar de Mr Smith. Ce n'est pas mon genre, d'habitude, de m'attendrir sur les filles ; mais sa petite silhouette en caban me rappelait les aventures que nous avions vécues ensemble[1]. Il ne restait plus que Rémi et moi sur la place et,

1. Lire *Le Professeur a disparu* et *Enquête au collège*.

d'une certaine manière, c'était comme si nous venions de l'abandonner en terre étrangère aux mains d'un inconnu…

– Tiens, dit Mr Bird en consultant ses listes. Comment se fait-il qu'il me manque deux familles ? *Of course !* Je me souviens maintenant ! Celle du jeune Culbert est totalement indisponible : épidémie d'oreillons… Quant à celle de Pharamon, je crains qu'elle ne puisse le recevoir : problème de toit, maison inondée… Pas étonnant avec cette pluie, n'est-ce pas ? Mais ne craignez rien, chère collègue, j'ai fait le nécessaire.

C'était trop fort ! Comment ? Moi, Pierre-Paul de Culbert, élite de la 4e 2, j'avais traversé la Manche au péril de ma vie pour être supplanté au dernier moment par une épidémie d'oreillons ?

– Oui, continua Mr Bird, je leur ai trouvé un point de chute chez cette bonne Mrs Moule. Vous verrez, une veuve un peu originale mais une femme charmante. Son mari est mort l'hiver dernier, assez mystérieusement je dois dire… Mais ce n'est pas cela qui fera peur à deux solides gaillards comme ceux-là, n'est-ce pas ?

– Cher Mr Bird, dit Mlle Pencil en roulant des yeux, je suis sûre que vous avez fait pour le mieux.

– Mrs Moule ? répéta Rémi. Mon vieux P. P. Cul-Vert, ça commence plutôt mal.

C'était bien mon avis. L'idée de devoir supporter Rémi durant tout le séjour n'était pas la moindre des catastrophes qui s'abattaient sur mes pauvres épaules depuis notre départ.

Si seulement j'avais su ce qui nous attendait, je serais remonté dans le car et rentré aussitôt en France…

3
Mrs Moule

Je n'eus pas le temps de m'appesantir sur mes malheurs.

À l'autre bout de la place surgit soudain, tous feux éteints, une minuscule voiture lancée comme un boulet de canon.

En une seconde, elle fut sur nous. Un coup de volant à droite, un dérapage à gauche : glissant à la manière d'une savonnette au fond d'une baignoire, la Mini Austin acheva sa course folle dans une grande gerbe d'eau, fauchant au passage la valise de Rémi malgré ses tags porte-bonheur et ses autocollants.

– *Hello, boys !* lança la conductrice en s'extrayant avec difficulté de sa boîte à sardines. Pas trop en retard, j'espère ? Je reviens du manoir, expliqua-t-elle. Où sont les *boys*, Birdy ?

Cloué par la stupeur, je la vis s'approcher de Rémi et lui secouer la main comme un prunier.

– Dé Cuioulberte, n'est-ce pas ? *Please to meet you, my boy...*

Mon sang ne fit qu'un tour. Elle devait être myope comme une taupe pour me confondre avec ce pauvre Pharamon.

– Je suis Pierre-Paul de Culbert, dis-je en m'avançant.

– Alors vous êtes Pheramone ? poursuivit-elle en m'ignorant totalement.

Et elle recommença à secouer Rémi, sans égards pour les piteux *How do you do ?* qu'il bredouillait.

C'était une femme d'une soixantaine d'années, aux incisives proéminentes comme un protège-dents de boxeur. Elle portait de grosses lunettes à monture d'écaille derrière lesquelles brillaient deux yeux ronds et globuleux. Le reste de sa personne était long, osseux, évoquant irrésistiblement ces harengs saurs séchés dont les Anglais sont si friands – à ceci près que, même en Angleterre, nul n'a jamais vu de hareng saur coiffé d'un petit chapeau lavande orné de fraises des bois et de roses en tissu...

– Je vous les confie, Mrs Moule, dit Mlle Pencil. J'espère qu'ils seront sages.

– Comptez sur moi pour les mettre au pas, riposta Mrs Moule en éclatant d'un rire tonitruant. Mrs Moule en a dompté de plus féroces !

Et sur ces propos peu engageants, elle désigna la voiture avec autorité.

– En route, *boys !* Nous allons à la maison.

Docilement, nous nous casâmes tant bien que mal sur la minuscule banquette arrière, à demi suffoqués par le poids de nos bagages.

– Bon week-end à tous les deux ! nous cria Mlle Pencil.

– Bon week-end, bon week-end... Elle en a de bonnes ! maugréa Rémi avant qu'un démarrage en flèche n'envoie sa tête cogner violemment contre la lunette arrière.

Ce furent les dernières paroles que nous échangeâmes durant le trajet.

Dents en avant, les yeux exorbités, Mrs Moule conduisait à tombeau ouvert, le nez collé sur le pare-brise, les genoux remontés à hauteur du volant.

Par moments, quittant la route des yeux, elle se tournait vers nous avec un sourire d'extase, évitant à la dernière seconde les boîtes aux lettres et les bornes à incendie qui semblaient s'ingénier à se dresser sur sa route.

C'était un peu comme de descendre le grand huit de Luna-Park avec ma sœur et son fiancé... Un vrai cauchemar.

Par chance, les rues de Linbury étaient à peu près vides et, hormis un cycliste qui ne dut son salut qu'à un plongeon dans la rivière depuis un petit pont, nous arrivâmes sans encombre au terme de notre voyage.

– Nous y voilà, *boys*, dit Mrs Moule, tirant sur son frein à main comme si elle arrachait une prémolaire. Bienvenue à *India Cottage*.

Je regardai Rémi. Tétanisé au fond de son siège, on aurait dit qu'il venait de voir le diable en personne.

4
Dans l'antre de la sorcière

En fait de maison, *India Cottage*, la demeure de Mrs Moule, ressemblait plutôt au décor d'un train fantôme.

Sous la lumière blafarde de la lune se dressait un bâtiment lugubre, hérissé de pignons et de girouettes. Une seule fenêtre était éclairée, révélant de son œil borgne une façade décorée de coquillages sur laquelle ruisselait la pluie.

Je ne suis pas peureux. Impressionnable, tout au plus. Mais je dois dire que je sentis un frisson me parcourir l'échine tandis que Mrs Moule nous poussait à l'intérieur de l'inquiétante bâtisse.

Nous entrâmes dans un hall obscur, où des vitres plombées à losanges rouges et verts jetaient sur le carrelage comme des taches de sang.

– Nassir ! Nassir ! hurla Mrs Moule.

Sa voix résonnait sinistrement, se perdant sans réponse dans les étages.

– Celui-là ! fulmina-t-elle. Jamais là quand on a besoin de lui ! Que diriez-vous d'un bon thé, *boys ?*

Poussant une porte qui grinçait, elle nous fit entrer dans un vaste salon où luisait faiblement un feu de cheminée. L'air était glacial, le tapis élimé, les sièges inconfortables.

Mais j'avais faim. La perspective d'un de ces fameux thés anglais, débordant de toasts beurrés, de marmelade et de brioches, adoucissait un peu l'impression sinistre que me faisait la demeure.

Je m'assis dans un fauteuil démantibulé, les fesses percées par un ressort mais prêt à un échange de courtoisies polyglottes avec notre hôtesse dès qu'on nous aurait servis.

– Je suis positivement morte de faim, gémit Mrs Moule en nous couvant d'un regard plein de gourmandise.

La voir agiter une clochette me rassura un peu : une seconde, je m'étais vu transformé en beignet dans l'assiette de Mrs Moule.

Derrière moi, la porte s'ouvrit. Un homme entra silencieusement, chargé d'un lourd plateau qui ne laissait voir qu'une veste rayée de majordome.

Quand il se pencha vers moi, cependant, je ne pus retenir un cri. À la lumière de la lampe, son visage ressemblait à ces citrons piqués de clous de girofle comme ma sœur en conserve dans des bocaux !

– Je vous présente Nassir, dit Mrs Moule. Il est indien. Mon mari, feu le colonel Moule, l'a ramené des Indes quelques années avant sa mort malencontreuse.

Était-ce une impression ? À l'évocation de la disparition du colonel, il me sembla voir le visage de Nassir se fendre d'un imperceptible sourire.

– Toutes mes condoléances, Mrs Moule, dis-je. Mr Bird nous a parlé de cette perte qui a dû beaucoup vous affecter…

– Oh ! dit-elle avec un petit rire suraigu. On raconte beaucoup de choses à Linbury… Les gens aiment le mystère. La vérité, quelquefois, est beaucoup plus simple qu'il n'y paraît, ajouta-t-elle avec un gloussement.

Elle montra au-dessus de la cheminée le portrait d'un militaire à moustaches, aux traits rougeauds et autoritaires.

– Le colonel Moule, expliqua-t-elle. C'est lui qui a rapporté tous les souvenirs que vous voyez ici. Original, n'est-ce pas ?

En fait de souvenirs, elle désignait les armes qui jetaient sur les murs des ombres étranges : coupe-chou, lances, couteaux à déchiqueter, poignards indiens aux lames torsadées comme des serpents, d'autres encore dont la seule vue, en d'autres circonstances, aurait suffi à me couper l'appétit.

– Très… euh… décoratif, en effet, Mrs Moule, commenta Rémi, aussi désireux que moi de passer aux choses sérieuses.

Mais en fait de thé plantureux, nous étions servis.

Autour d'une tasse d'eau chaude et pâle trônaient en tout et pour tout une poignée de crackers, des cubes de fromage d'un vert inquiétant et quelques minuscules sandwichs à la laitue qu'on aurait crus destinés à un estomac de lilliputien.

– Attendez que je vous montre la tête réduite que mon mari a rapportée d'Indonésie, poursuivit Mrs Moule en croquant avec délectation dans un cracker. Ils les font bouillir jusqu'à ce qu'elles deviennent grosses comme le poing.

Je m'étranglai avec mon thé.

– Vraiment, Mrs Moule ? parvins-je à articuler.

Je devais être aussi vert que le fromage.

– Nassir pourra vous expliquer la recette, si cela vous intéresse... Il connaît des secrets tout à fait réjouissants. Mais ça suffit pour ce soir : maintenant que vous voilà restaurés, au lit, *boys* !

Restaurés ? C'est à peine si nous avions avalé l'équivalent d'une cacahuète !

Mais le ton était sans réplique. Tête basse, l'estomac criant famine, nous dîmes bonsoir à Mrs Moule et suivîmes Nassir jusqu'au premier étage.

Les chambres étaient glaciales, elles aussi, et sentaient le renfermé. Par chance, la mienne et celle de Rémi étaient mitoyennes.

J'attendis, en me brossant frénétiquement les dents, que le silence tombe sur la maison, enfilai ma robe de chambre à écusson, mes bonnes vieilles pantoufles et, les poches lestées de chocolat et de raisins secs, je grattai doucement à la porte de Rémi.

« Heureusement que ce bon vieux Pierre-Paul ne voyage jamais les mains vides », me félicitai-je. Il était grand temps de nous remonter le moral à coups de friandises.

5
Conciliabule

Sans attendre, je me glissai dans la chambre pour trouver Rémi, le blouson boutonné jusqu'aux oreilles, le sac sur l'épaule, une jambe déjà passée par-dessus l'appui de la fenêtre.

– Tu es fou ! Qu'est-ce que tu fais ?

– Je m'évade, P. P. Pas question de rester une minute de plus ici !

– Mais où iras-tu ?

– N'importe où, pourvu qu'on me serve un hamburger et des frites… Des sandwichs à la laitue ! Est-ce qu'on nous prend pour des lapins ?

– Mais il pleut ! dis-je. C'est la nuit, tu ne trouveras pas un restaurant ouvert.

Il haussa les épaules.

– Tant pis. Je rentre en France. Une heure de plus dans ce pays de sauvages et je tue quelqu'un !

Il semblait vraiment déterminé. Soudain, j'eus une illumination.

– Et Mathilde ? Est-ce que tu as pensé à elle ?

Ma botte secrète avait porté. Il hésita puis, avec un soupir, descendit de son perchoir et referma la fenêtre.

– Tu as raison, P. P. Impossible de la laisser seule dans cette panade.

L'esprit chevaleresque de Rémi m'a toujours éberlué. Il n'aurait pas hésité à m'abandonner entre les mains de Mrs Moule, mais dès qu'il s'agit d'une fille, le preux Lancelot se réveille, prêt à affronter pour elle des piles de crackers et de sandwichs au concombre ! Décidément, je ne comprendrai jamais les esprits frustes comme le sien.

– Tiens, dis-je à contrecœur en lui tendant une barre de chocolat à peine grignotée. À l'heure qu'il est, la pauvre Mathilde doit être en train de se gaver de tarte aux pommes… Heureusement que tu as ce bon vieux P. P. !

– Ça me fait une belle jambe, bougonna-t-il. Et dire que ma mère pensait qu'un séjour linguistique ferait du bien à ma moyenne !

Il croqua dans un carré de chocolat avant de tomber sur le lit avec accablement.

On aurait dit qu'il s'était assis sur un ressort : il se releva d'un bond en hurlant, les fesses labourées de coups de griffes, tandis qu'un feulement horrible emplissait le silence de la chambre.

– Au secours, P. P. ! À l'aide !

Un gros angora dormait caché sous les couvertures. Il descendit du lit, hérissé comme un oursin, crachant son ressentiment d'avoir été dérangé dans son sommeil.

– Un chat ! beugla Rémi. Un chat, dans ma chambre ! Il ne manquait plus que ça ! Je hais les chats, et encore plus les chats anglais.

– Allons, dis-je, étonnamment maître de moi. Ne dramatisons pas. Mrs Moule est une originale, son domestique un personnage plutôt inquiétant, mais tu as la chance d'être avec moi. L'aventure n'a jamais fait peur à Pierre-Paul de Culbert !

Tout en parlant crânement, je sentis un frisson glacé me parcourir l'échine. De nous deux, à vrai dire, je ne sais qui était le plus rassuré.

– L'aventure ? s'emporta Rémi. Excuse-moi, mais en fait d'aventure, je connais plus palpitant que de devoir dormir dans une odeur de pipi de chat ! Lundi, je prends Mlle Pencil et Piou-Piou en otage jusqu'à ce qu'on m'ait changé de famille.

– Tu veux sans doute parler de Mr Bird…

– Appelle-le comme tu voudras. En tout cas, ce n'est pas un petit gros qui va me faire peur !

Je pris cela pour une offense personnelle.

– Gros, gros ! Il est un peu rond comme moi, tout au plus.

– Encore trois jours d'eau tiède et de crackers, mon vieux P. P. Cul-Vert, et on pourra rentrer tous les deux ensemble dans le même pantalon !

Il m'avait touché à mon point le plus sensible : l'estomac. Outre ce prodigieux cerveau que le monde entier m'envie, je dois confesser que mon petit ventre grassouillet est un organe délicat, qui réclame des égards plus de cinq fois par jour.

– Tu as raison, dis-je en avalant une poignée poisseuse de raisins secs. Attendons lundi et nous aviserons.

– Si nous restons en vie jusque-là, dit Rémi d'une voix lugubre.

Je regagnai ma chambre à pas de loup. L'idée de devoir passer un dimanche entier l'estomac à peu près vide me serrait le cœur. La couverture remontée jusqu'au menton et incapable de trouver le sommeil, je tentai de tromper ma faim par quelques révisions de vocabulaire.

Comment dit-on « beignets aux pommes », en anglais ? « Mortadelle » ? « Crème de marrons chantilly » ?

Invariablement, mon esprit me ramenait à mon passe-temps favori. Bercé de douces visions de fruits confits et de crème pâtissière, je sombrai dans le sommeil.

6
Dimanche anglais

Je dormais d'un sommeil profond quand un pressentiment m'assaillit : il y avait quelqu'un dans ma chambre.

J'ouvris les yeux et les refermai aussitôt. Suspendu comme un masque au-dessus de ma tête, le visage de Nassir m'examinait, fendu d'un étrange sourire inexpressif.

– Le thé, prononça-t-il, et sa voix rauque me figea les sangs.

Il déposa une tasse fumante à mon chevet, ouvrit en grand les rideaux et sortit comme il était entré, glissant plus qu'il ne marchait sur ses chaussons de feutre.

J'étais à peine remis de mes émotions que Rémi passait à son tour la tête par la porte.

– Réveillé, P. P. ? Je vois que tu as eu droit aussi au thé matinal. Une coutume sympathique si l'on n'est pas cardiaque…

– Je ne sais pas ce que j'ai, mais je me sens un peu faible, murmurai-je en me renfonçant sous les couvertures.

– Tu meurs de faim, voilà tout. Allez, mauviette, debout, ou nous allons rater le *breakfast* !

Je ne me le fis pas dire deux fois. Rémi sait toujours trouver les mots qu'il faut.

Je me débarbouillai en quatrième vitesse et nous dégringolâmes les escaliers.

– Je te préviens, une nouvelle déception me serait fatale, dis-je en poussant anxieusement la porte de la salle à manger.

Je manquai m'évanouir de bonheur. Sur la table s'étalait le plus extraordinaire petit déjeuner qu'on puisse imaginer : toasts, confitures, petites saucisses grillées, œufs au plat, tomates frites, jus d'orange ! On se serait crus dans la caverne d'Ali Baba !

– Décidément, ces Angliches ne font rien comme tout le monde, murmura Rémi, piquant de sa fourchette une tranche de lard qu'il inspecta avec méfiance.

– Tonne-la-moi chi tu n'en feux pas, bredouillai-je en m'empiffrant. Ch'est le plus peau chour de ma fie !

Pour comble de chance, il faisait beau. Une fois convenablement gavés, nous sortîmes dans le jardin. J'avais mangé si vite que mon estomac pesait des tonnes, un peu comme si j'avais avalé d'un seul coup mon dico de latin. Au moins, j'avais de quoi tenir jusqu'à l'heure du déjeuner.

– Allons, dis-je, nous ne serons pas si mal ici...

Le moral serait remonté en flèche si Mrs Moule n'avait pas choisi de surgir à cet instant, nous hélant depuis le bout du jardin.

– Pheramone, dé Cuioulberte ! *Hello, boys !*

Elle sortait d'un petit appentis, construit au fond du jardin, dans une tenue si extravagante qu'elle nous laissa sans voix... Hirsute, un masque chirurgical sur le nez, elle portait une blouse maculée de taches jaunes, des gants et, autour des pieds, d'étranges sacs en plastique, comme les infirmières en salle d'opération.

– Pas question de vous nourrir comme des coqs en pâte sans rien faire ! poursuivit-elle. Au travail, *boys !* Le jardinage est un excellent exercice à votre âge. Pheramone, vous prendrez la tondeuse, dé Cuioulberte le râteau. Exécution !

Avant que nous ayons eu le temps de protester, elle pivota sur les talons et rentra dans l'appentis.

– Mince, alors ! s'emporta Rémi. Quel culot !

Nous sommes tombés chez une esclavagiste ! Toi qui es bien enrobé, ça te fera du bien de te remuer un peu. Mais moi ?

Il fallut bien, pourtant, nous mettre à la tâche. Je dois dire que le spectacle de ce bon Pharamon arc-bouté sur la tondeuse pour aplanir les taupinières était des plus réjouissants ! Rouge comme une écrevisse, il soufflait, pestait, maudissant les nains en plâtre et le petit bassin de rocaille qu'il fallait contourner, empli d'une eau glauque où tournaient deux poissons rouges décolorés.

Au même moment, comme pour nous narguer, un petit avion de tourisme piqua sur la maison. Il passa en rase-mottes au-dessus de la pelouse où nous nous démenions – suffisamment bas en tout cas pour que je puisse reconnaître, à côté du pilote, le visage de Mathilde souriant avec ravissement...

Rémi en lâcha la tondeuse.

– Tu as vu ça, P. P. ? Jaguar, avion privé... Cette chère Mathilde ne s'ennuie pas ! Ah ! tu me reparleras du charme des dimanches anglais !

– Je me demande ce que Mrs Moule peut bien faire dans sa remise, dis-je pensivement. Tu as remarqué sa tenue ?

– C'est le cadet de mes soucis, P. P. En tout cas,

si tu ne t'actives pas un peu, nous en avons pour jusqu'à la nuit...

Tout en m'échinant sur mon râteau, je m'approchai de la remise. Discrètement, je jetai un œil à travers les vitres poussiéreuses.

– Rémi ! Vite, viens voir.

Les vitres étaient si sales qu'on devinait à peine l'intérieur.

Le visage caché sous son masque de chirurgie, les cheveux hérissés au-dessus du crâne, Mrs Moule se tenait au milieu d'un fouillis de fioles et de flacons, transvasant le contenu d'une éprouvette. Un alambic chauffant sur un bec Bunsen emplissait le local d'une brume violacée, crachotant à petits bouillons des bouffées de fumée noire...

– Qu'est-ce qu'elle peut bien fabriquer là-dedans ?

– Le déjeuner de midi, ironisa Rémi.

– C'est malin. Moi, ça ne me dit rien qui vaille...

– Pas rester là, fit une voix derrière notre dos. Interdit. Dangereux.

Nous sursautâmes. Nassir se tenait derrière nous sans que nous l'ayons entendu venir.

– Pas rester là, répéta-t-il.

Nous nous éloignâmes comme deux voleurs pris en faute. Tout le temps que dura la fin du jardinage, il resta bras croisés, gardant la porte de l'appentis à la façon d'un guerrier Tug.

– Tu veux que je te dise, P.P. ? murmura Rémi. Ce brave Nassir me donne froid dans le dos.

– À moi aussi, confessai-je.

J'avais beau retourner la question sous tous les angles, mes petites cellules cérébrales tournaient désespérément à vide.

Que pouvait bien manigancer une vieille dame anglaise, par un beau dimanche d'avril, dans un laboratoire gardé par un serviteur indien ?

Foi de P.P. Cul-Vert, je n'en avais pas la moindre idée.

7
Les étranges lectures de Mrs Moule

Nous n'étions pourtant pas au bout de nos surprises.

Mrs Moule reparut au moment du déjeuner (si une pile de sandwichs fades peut s'appeler ainsi) puis nous quitta pour le reste de l'après-midi, nous laissant errer dans la maison comme deux âmes en peine.

En plein jour, *India Cottage* était moins lugubre que le soir de notre arrivée. Nous visitâmes les pièces une à une. Partout, des meubles cassés, de vieux fauteuils éventrés, des tapis roulés contre les plinthes, des cadres sans tableau. Un débarras, grand comme une salle de jeu, abritait des téléviseurs hors d'usage sur lesquels dormaient des chats, des chaises dépareillées et un billard électrique sur lequel Rémi se jeta aussitôt.

Je poursuivis mon exploration par une petite bibliothèque donnant sur le jardin. Jusqu'au plafond, les murs étaient couverts d'étagères où s'alignaient des livres poussiéreux, chargés de toiles d'araignées.

« Nassir devrait donner un coup de plumeau ici plus souvent », pensai-je.

Je m'emparais d'un livre avec précaution quand soudain l'étagère tout entière pivota, révélant d'autres rayonnages encastrés dans le mur. Sur ceux-là, les livres étaient nets, luisants, comme si on les avait consultés plus souvent.

– Une bibliothèque à double fond ! m'exclamai-je. De plus en plus étrange...

Je consultai quelques titres avant d'appeler Rémi.

– Juste au moment où j'avais une extraballe ! grommela-t-il en me rejoignant. J'espère que tu ne m'as pas dérangé pour rien, P. P.

– Regarde, dis-je en lui fourrant sous le nez quelques volumes. Ils étaient cachés sur une étagère secrète !

Devant son air ahuri, je me souvins subitement que Rémi était aussi nul en anglais que ma sœur Rose-Lise pour la cuisson des spaghettis.

– Mon pauvre Pharamon, quel cancre tu fais !

Je traduisis quelques titres à son intention : *L'Art des poisons* ; *Rites secrets d'assassinat chez les Tugs* ; *Les Grands Criminels de l'Histoire*... J'aurais pu continuer ainsi longtemps : tous les livres traitaient des techniques du crime, des poisons et des affaires célèbres.

– Il n'y en a pas un qui s'appelle *Le sandwich qui tue ?* ricana Rémi. Franchement, mon pauvre P. P., je ne vois pas ce que tu trouves de si extraordinaire dans ces bouquins moisis.

Ce qui est rassurant, chez Pharamon, c'est qu'il ne risquera jamais d'attraper un rhume de cerveau : on chercherait en vain chez lui un demi-gramme de matière grise.

– Parce que ça te paraît normal, à toi, toutes ces histoires de meurtres dissimulées dans une bibliothèque secrète ?

– Bah ! Il faut s'attendre à tout de la part des Angliches...

J'ignorai la stupidité de cette remarque pour continuer mon inventaire.

Comme j'attrapais un livre, un flot de coupures de journaux s'en échappa : c'était des articles de presse, conservés sous le rabat de la couverture et annotés à l'encre mauve.

Rapidement, je les remis en place et rabattis le panneau de la bibliothèque.

– Louche, murmurai-je pensivement. Vraiment louche...

– Est-ce que ce serait trop demander au brillantissime P. P. Cul-Vert que de bien vouloir m'expliquer ce qu'il trouve de louche dans les lectures d'une vieille folle ?

– Je ne sais pas... Le labo tout à l'heure, ces livres sur les poisons... Je m'interroge, voilà tout.

– Eh bien, interroge-toi tout seul. Moi je vais

au jardin. Tes élucubrations et les poils de chat finiront par me donner de l'urticaire.

– Question intelligence, mon pauvre Pharamon, tu es un nain, soupirai-je. Un homoncule ! Un protozoaire !

– Protozoaire toi-même, géant de la niaiserie !

Visiblement, l'inaction lui portait sur les nerfs.

Je m'apprêtais à répliquer vertement quand un spectacle invraisemblable nous arracha à tous les deux un cri : au-dessus de la haie, comme un ballon au bout d'une ficelle, se promenait la tête de Mathilde, coiffée d'une bombe cavalière !

– Rémi, Pierre-Paul ! Ouh-ouh !

– Pince-moi, P. P. Dis-moi que je rêve !

– Impossible d'arrêter ce damné canasson, lança Mathilde. Vous reverrai plus tard.

Au même instant, comme si une mouche l'avait piquée, sa monture invisible derrière la haie l'emporta dans un furieux galop.

– J'habite juste en face ! eut-elle le temps de crier, cramponnée à la crinière avant de disparaître derrière un bouquet d'arbres.

Du perron de Mrs Moule, on apercevait en effet, au fond d'une vaste prairie, une jolie maison moderne bordée par des écuries. Des chevaux gambadaient dans les champs alentour et, au bout d'une allée sablonneuse encadrée de tilleuls, rutilante au soleil, stationnait la Jaguar de Mr Smith.

Après la course folle de la veille, sous la pluie battante, j'aurais été incapable de dire où nous nous trouvions. Le cottage de Mrs Moule, pour autant que l'affreuse bicoque dans laquelle nous étions méritât ce nom, était la dernière d'une paisible rue résidentielle de Linbury, aux maisons toutes semblables. Derrière, sans démarcation, comme si elle avait été le simple prolongement des jardins aux pelouses bien entretenues, commençait la campagne.

C'était là qu'habitait Mathilde. Nous étions presque voisins.

Maison de rêve, équitation, baptême de l'air : et dire que c'était moi qui avais insisté pour ne pas l'abandonner dans la panade !

8
Le visiteur nocturne

Il se passait décidément de drôles de choses dans cette maison... Je ne savais encore quoi, mais ce qu'on appelle d'ordinaire l'intuition, et qui n'est chez moi qu'un prolongement de mes fabuleuses capacités déductives, faisait résonner dans ma tête une petite sonnette bien connue des aventuriers.

Toute la soirée, recluse dans son bureau, Mrs Moule s'était adonnée à de mystérieuses activités. Que pouvaient bien signifier ces longues plages de silence, entrecoupées d'un crépitement soudain, comme une machine infernale qui se serait emballée tout à coup ?

– Mrs Moule travailler, expliqua le silencieux Nassir en portant l'index à ses lèvres. Pas la déranger.

J'en profitai pour écraser ce pauvre Pharamon

aux échecs, discipline parmi d'autres où j'excelle, ce qui eut pour conséquence d'achever de le mettre d'une humeur exécrable.

Remonté dans ma chambre, je sortis un carnet à spirales, d'un modèle réglementaire chez les détectives, et écrivis soigneusement :

a) Quelles sont les causes réelles de la mort du colonel Moule ?

b) À quelle mystérieuse activité se livre Mrs Moule dans le labo ?

c) Pourquoi collectionne-t-elle les livres consacrés au meurtre ?

Après un instant de réflexion, j'ajoutai :

d) Penser à acheter des pâtes de fruit et de la réglisse en cas de petite faim urgente.

Satisfait de mon travail, je rangeai mon calepin et me mis au lit.

Je dormais à poings fermés lorsqu'un petit bruit me réveilla.

Sautant à bas du lit, j'allai à la fenêtre. Rien. Hors le petit bassin éclairé par la lune, le jardin était plongé dans l'obscurité.

« Un chat, pensai-je. J'aurai rêvé… »

Mais ce n'était pas un chat. La lune sortant d'un nuage éclaira tout à coup la silhouette d'un homme qui remontait l'allée à pas de loup.

Impossible de distinguer son visage. Que venait-il faire à minuit dans le jardin de Mrs Moule ?

Parvenu à la porte d'entrée, il tapa trois petits coups discrets, s'essuya les pieds au paillasson et entra.

La porte se referma et un silence de mort retomba sur la maison.

Mon intuition ne m'avait pas trompé : il se passait décidément de drôles de choses dans le cottage de Mrs Moule.

9
Mathilde dans les nuages

– Hallucinations, P. P., dit Rémi. Les sandwichs au concombre te seront montés au cerveau.

On était lundi matin et nous roulions à travers les rues de Linbury sur deux vieilles bécanes à moitié rouillées prêtées par Mrs Moule.

Comme tous les matins de la semaine, nous avions rendez-vous avec Mlle Pencil au collège de Linbury pour quelques révisions d'anglais, et c'était bien la première fois que je voyais Rémi pressé d'aller en cours.

Le collège était un vieux bâtiment décati en briques rouges, flanqué de vastes pelouses où des élèves jouaient au cricket. Pédalant dignement malgré l'affreux grincement de nos bécanes, nous traversâmes une haie de collégiens ricanants, affublés de l'uniforme de leur école : pantalon et veste de flanelle, cravate rayée, casquette rouge ornée d'un écusson semblable à celui de ma robe de chambre.

– Si je devais m'habiller comme ça pour aller en cours, murmura Rémi, je sécherais un jour sur deux…

Son jean et son blouson devaient produire le même effet sur nos amis britanniques, car ils ne nous quittèrent pas des yeux jusqu'à ce que nous ayons rejoint notre groupe.

Nous fûmes accueillis par des cris de joie. Visiblement, le week-end avait été rude pour tout le monde. Le pire cas était celui de Philibert : son Anglais jouait de l'orgue et lui avait imposé, faisant fi de toutes les conventions internationales sur les droits de l'enfant, trois heures de récital ininterrompues…

– S'il s'approche encore de son bastringue, jurait Philibert, ça finira dans un bain de sang !

J'avais hâte de voir Mathilde pour lui raconter notre étrange dimanche. Elle arriva en retard, dans la Jaguar de Mr Smith, souriant stupidement comme si elle ne nous avait pas reconnus.

– Rémi, Pierre-Paul ? Passé un bon week-end ? demanda-t-elle distraitement.

– Ravi de voir que tu connais encore nos prénoms ! maugréa Rémi. Et comment va Mr Smith ?

Elle leva les yeux au ciel, se tordant les doigts d'un air d'extase.

– Il est tellement distingué !

– Et sa femme ? insinua perfidement Rémi.

– Oh ! une jolie blonde tout à fait insignifiante… Quant à James, mon correspondant, c'est un crétin boutonneux qui a passé la journée planté devant la télévision à regarder du football.

J'intervins, agacé par la mine béate de Mathilde :

– Si nous nous retrouvions pour le quartier libre, cet après-midi ? J'ai des nouvelles importantes.

– Absolument impossible ! Malcolm, enfin… Mr Smith, doit m'emmener à Londres faire du shopping.

– Du shopping ! répéta Rémi comme nous gagnions la salle de classe. Mon vieux P. P., Mathilde nous snobe ou je ne m'y connais pas… Fais ce que tu veux, mais moi je passe l'après-midi en ville avec Philibert. Pas question de retourner jardiner chez la mère Moule !

N'ayant pas de sœur, comme moi, ce pauvre Pharamon n'a pas été préparé à la traîtrise naturelle des filles.

Aussitôt après la fin du cours, il disparut à bicyclette, tanguant sous le poids de Philibert. Je les aurais volontiers accompagnés : aucun d'eux ne le proposa cependant…

Je me consolai en songeant que la solitude est le lot du génie et rentrai tristement à *India Cottage*.

10
Le mystère s'épaissit

Je roulais, perdu dans mes pensées, quand mon attention fut soudainement attirée par le gros titre d'un journal en devanture d'un kiosque.

Stoppant net dans un horrible grincement de frein, je fis demi-tour.

Le journal s'appelait la *Gazette de Linbury*. Le titre s'étalait en lettres énormes : AUDACIEUX CAMBRIOLAGE CHEZ LA DUCHESSE DE CUP-OFTEA.

Mon sang ne fit qu'un tour. Jetant quelques pièces au buraliste éberlué, je me jetai sur le journal, sautai à vélo et, tout en pédalant ferme, dévorai le contenu de l'article.

La traduction parfaite que j'en donne ici étonnera sans doute certains. Qu'on se rappelle cependant que je suis l'étonnant Pierre-Paul de

Culbert, chouchou de l'institution scolaire française, pour qui les pièges d'une langue étrangère ne sont que jeux d'enfant.

« Linbury est-il la plaque tournante d'un important trafic de bijoux volés ? Le lecteur se rappelle les précédentes affaires qui, depuis trois ans, défraient la chronique de notre respectable cité.

« Cette fois, c'est à la célèbre collection de la duchesse de Cupoftea que s'en sont pris les cambrioleurs.

« Samedi soir, juste après l'heure de la fermeture du manoir au public, ces dangereux malfaiteurs se sont introduits dans la propriété, emportant le fameux collier de perles à huit rangs offert par la reine à la duchesse de Cupoftea. Après avoir drogué la duchesse et son personnel, les cambrioleurs ont pu opérer en toute tranquillité.

« Rappelons que cette ténébreuse affaire tombe plutôt mal, à l'heure où notre respectable cité accueille un groupe de collégiens français... »

Au comble de l'excitation, je regagnai *India Cottage*.

Mrs Moule travaillait dans son bureau. Nassir, au jardin, taillait les rosiers. J'en profitai pour me glisser dans la bibliothèque, manœuvrai le panneau coulissant et fouillai parmi les rayonnages.

Où donc avais-je vu ce livre la veille ?

Enfin, je poussai un cri de triomphe. Dans ma hâte de ranger les articles de presse qu'il contenait, je n'avais pas pris garde au titre. Le livre s'intitulait *Les Bijoux célèbres* et un chapitre entier y était consacré au collier de perles à huit rangs de la duchesse de Cupoftea.

On y apprenait, entre autres informations, qu'il avait été fait au siècle dernier pour un richissime maharadjah, puis réquisitionné par la couronne anglaise avant d'être donné à la famille des Cupoftea, dont le manoir se trouvait à quelques kilomètres de Linbury.

« Le manoir... Le manoir... Quand donc ai-je entendu parler du manoir ? » pensai-je, fouillant en vain cette mémoire de plusieurs millions de gigas que le monde entier m'envie.

Mais le plus intéressant, c'étaient les coupures de presse que renfermait le livre : toutes concernaient les différents vols de bijoux commis dans la région, et auxquels la *Gazette de Linbury* n'avait fait qu'une discrète allusion.

Des dates, des lieux, des noms propres avaient été soulignés à l'encre mauve. Quelqu'un, dans cette maison, s'intéressait de très près à ces vols.

Mais qui ? Je n'en aurais pas juré, mais l'écriture semblait bien celle d'une femme.

Précipitamment, je rangeai mes trouvailles sous mon gilet, remis le panneau en place et sortis de la bibliothèque.

Les questions se bousculaient dans mon esprit surchauffé. Des questions nouvelles qui, s'ajoutant à celles déjà notées dans mon calepin, formaient un embrouillamini encore indéchiffrable.

Il fallait que j'en parle à Rémi.

11
Soupçons

– P. P., tu es complètement fou ! Définitivement cinglé !

Nous nous trouvions dans la chambre de Rémi, grignotant des pâtes de fruit à la lueur de ma torche.

– Pourtant, protestai-je, le mystère saute aux yeux !

– Pour l'instant, ce qui me saute surtout aux yeux, P. P., ce sont tes postillons.

La capacité phénoménale de Pharamon à ne jamais rien comprendre m'a toujours effaré. Dire que j'avais attendu l'après-midi entier pour lui faire part de mes découvertes ! Il était revenu vers six heures, courant comme un dératé à côté de sa bicyclette. Philibert et lui s'étaient fait pourchasser dans toute la ville par des collégiens anglais après une sombre histoire de billard qui avait mal tourné.

– Bravo ! dis-je. Tu fais beaucoup pour l'amitié entre les peuples !

– Épargne-moi tes commentaires, P. P. D'abord, c'est eux qui ont commencé. On avait juste rencontré quelques Anglaises potables avec qui expérimenter notre *english* quand deux furieux sont arrivés… Tu connais Philibert, il ne faut pas l'interrompre quand il pratique les langues étrangères.

La seule idée de Philibert s'essayant à l'idiome de Shakespeare me donnait froid dans le dos.

– Récapitulons la situation, coupai-je. Samedi, une heure ou deux avant notre arrivée ici, un vol a été commis chez la duchesse de Cupoftea. Un célèbre bijou a été dérobé : le collier de perles à huit rangs. Or, coïncidence étrange, Mrs Moule possède, caché dans sa bibliothèque, un livre qui parle de ce joyau… Mieux : elle collectionne les entrefilets consacrés aux vols commis dans la région, annotés de sa propre main… Autre hasard surprenant : le collier a été fabriqué aux Indes, où Mrs Moule a passé une partie de sa vie, et dont elle a ramené l'inquiétant et fidèle Nassir…

– Tu ne veux tout de même pas suggérer que

Mrs Moule serait l'auteur du vol ? Tu déménages, P. P. ! Tu hallucines !

– Il est trop tôt encore pour des conclusions. Je dis seulement que cela fait trop de hasards, surtout si on ajoute le visiteur nocturne. Qui est-il ? Que vient-il faire si tard à *India Cottage ?* Il était attendu, j'en jurerais : Nassir lui a ouvert la porte et il s'est essuyé les pieds comme s'il avait peur de salir les tapis.

Rémi haussa les épaules avec lassitude.

– D'accord, P. P. Mettons qu'il y a quelque chose de louche dans toute cette histoire. Que comptes-tu faire maintenant ? Alerter Mlle Pencil et lui confier le fruit de tes élucubrations ?

– Trop prématuré… Elle nous rirait au nez. Non, mon vieux Rémi : à partir de maintenant, le grand P. P. Cul-Vert se met en chasse ! Il s'agit de remonter la piste, indice après indice, et de ne plus la lâcher.

– C'est bien ma veine, maugréa-t-il. Non content de te supporter durant l'année à l'internat, je passe mes vacances avec un fou… Bonne chasse ! ajouta-t-il en étouffant un bâillement. Moi, je vais me coucher.

Décidément, on ne pouvait rien tirer d'un médiocre dans son genre.

Je regagnai ma chambre, l'abandonnant à son triste sort.

« Si seulement, pensai-je en me glissant avec volupté dans les draps, si seulement je pouvais me rappeler qui nous a parlé récemment du manoir… »

12
P. P. mène l'enquête

Le lendemain, nous ne vîmes pas Mathilde, partie avec ses Anglais à un concours hippique.

Je mis à profit l'heure du déjeuner pour faire quelques emplettes. Mon plan était bien arrêté. Je l'avais mûri durant la nuit et, après nous être gavés de *fish and chips*, nous partîmes à vélo à travers la campagne.

Le manoir de la duchesse de Cupoftea était distant d'une dizaine de kilomètres. Il faisait bon, les vaches nous regardaient passer en ouvrant des yeux ronds. Rémi pédalait en tête, me distançant dans les montées, mais en vertu d'une loi physique assez élémentaire, j'avais tôt fait de le rattraper dans les descentes, ce qui parut l'énerver prodigieusement.

– Ton plan est idiot, me dit-il quand nous mîmes pied à terre devant les grilles du manoir. La duchesse va nous jeter dehors.

– Laisse-moi faire, répondis-je en montrant le petit paquet ficelé que je tenais sous le bras. J'ai là de quoi faire bonne impression. Et puis les Cupoftea sont apparentés aux de Culbert par une branche éloignée. S'il le faut, cela me servira de carte de visite.

L'enceinte du parc abritait un zoo ouvert aux visiteurs. Laissant Rémi se gratter frénétiquement les aisselles devant la cage des macaques, je m'enfermai dans les lavabos pour mettre la dernière touche à mon plan.

– Pardon de t'arracher à tes congénères, dis-je en le rejoignant. Au travail !

Une seconde, il me fixa, les yeux écarquillés, puis s'effondra sur la pelouse, en proie à d'atroces convulsions.

– Eh bien, dis-je, un peu vexé. Que penses-tu de mon déguisement ? Parfait, non ?

Quand il put enfin cesser de rire :

– Grotesque, P. P., absolument grotesque ! balbutia-t-il, les larmes aux yeux. Où as-tu trouvé cette moustache et ce chapeau melon ridicules ?

Je haussai les épaules avec mépris. Pharamon ne comprendrait jamais rien à l'art subtil du déguisement.

– Attends, P. P. Ne te vexe pas ! J'ai seulement peur que le gardien te prenne pour une otarie échappée de sa cage et qu'on te garde ici pour la nuit.

Je le laissai se rouler à nouveau de rire sur le gazon et, m'approchant du guichet, demandai à être reçu par la duchesse de Cupoftea.

– Affaire strictement personnelle, précisai-je.

La fermeté de mon ton dut l'impressionner, car le gardien nous conduisit aussitôt vers un vaste salon où nous attendait une vieille dame

aux longs poignets fragiles, siégeant dans un fauteuil à moulures.

Je me présentai :

– Pierre-Paul Louis de Culbert, le fameux détective français. Et voici Pharamon, mon jeune assistant. Il restera debout, si cela ne vous ennuie pas.

– Et que puis-je pour vous ? demanda la duchesse en ouvrant des yeux interloqués.

– J'enquête actuellement sur le vol dont vous avez été la victime, chère *médéme*... Incognito, bien entendu.

– Bien entendu, répéta-t-elle en réprimant un sourire.

– Pourriez-vous me relater les circonstances précises du vol ? Notez, Pharamon, notez, dis-je en tendant à Rémi mon calepin.

Elle s'exécuta de bonne grâce. Samedi, vers six heures, elle avait été prise d'une violente envie de dormir. Quand elle s'était réveillée, la vitrine de la salle des bijoux avait été forcée et elle n'avait pu que constater la disparition du collier de perles à huit rangs.

C'était, en peu de mots, le récit même qu'en donnait le journal.

– Étrange, dis-je, étrange... Aviez-vous bu

quelque chose dans l'après-midi ? Thé, café, tisane, viandox ?

– Ma vieille amie, Ethel Merryspoon, a pris le thé avec moi comme chaque samedi.

J'attendis que Rémi ait noté ce nom avant de poursuivre :

– Aucun indice, naturellement… Mégots de cigarette, notes de restaurant, chaussures usagées ?

– Rien, dit-elle. Les voleurs ont opéré avec une grande discrétion.

– Tant pis, soupirai-je en me levant. Il ne nous reste plus qu'à vous remercier pour votre précieux concours, chère *médéme*… Dites au revoir, Pharamon.

Nous prîmes congé. Au moment où nous sortions, la duchesse me rappela.

– Un détail encore, jeune homme : vous n'êtes pas sans me rappeler un lointain cousin français… Sans la moustache et le melon, bien sûr…

– Vraiment ? bégayai-je.

– Si par hasard vous le rencontriez, dites-lui donc de venir prendre le thé avec moi un de ces jours…

– Je n'y manquerai pas ! lançai-je avant de me débiner en courant.

Ma moustache commençait à se décoller et pour rien au monde je n'aurais voulu mettre en péril la perfection de mon déguisement.

– Merci, P. P., dit Rémi. Je te revaudrai ça. Tu m'as fait passer pour un fier imbécile !

– Que serait un véritable détective sans son assistant ? protestai-je. Regarde Sherlock Holmes et Watson, Poirot et Hastings…

– En tout cas, P. P. Cul-Vert et Pharamon, les deux brillants détectives, rentrent à peu près bredouilles ! riposta-t-il.

Force était de reconnaître qu'il avait raison. Nous n'avions guère appris de faits nouveaux.

– Il faut retrouver Ethel Merryspoon, décrétai-je.

– Qui ça ?

– L'amie de la duchesse, qui prenait le thé avec elle le jour du vol… Rien de plus simple que de glisser un somnifère dans la théière.

– Pour l'instant, en selle ! lança Rémi. Filons ou nous allons prendre la pluie.

13
Ce bon Mr Smith

Pendant que nous cuisinions la duchesse, le ciel s'était brutalement assombri.

À peine avions-nous fait cent mètres que l'orage éclata. En quelques secondes, nous fûmes trempés jusqu'aux os. Courbés sous les rafales de pluie, nous avions beau pédaler de toutes nos forces, nous faisions du surplace.

Soudain, un éclair plus violent déchira le ciel, suivi d'un juron épouvantable.

– Nom de Zeus, P. P. ! Je crois que j'ai crevé.

Le vélo de Rémi était couché en travers de la route, le pneu arrière plus flasque qu'une peau de boudin vide.

– Je te retiens, P. P., avec tes enquêtes à la noix ! éclata-t-il. C'est bien la dernière fois que je me laisse avoir.

– Allons, dis-je, pas de panique. Tu n'as qu'à réparer…

– Réparer ? explosa-t-il. Et avec quoi ? Un chewing-gum en guise de rustine, peut-être ?

D'un coup de pied rageur, il envoya valdinguer dans le fossé la vieille bécane de Mrs Moule.

– Ah ! il est beau, le fameux détective privé ! continua-t-il. Monsieur se promène dans la campagne sur une bicyclette de jeune fille, Monsieur fréquente les salons des duchesses, et ce bon Pharamon pédale comme un toutou derrière lui, trempé jusqu'à la moelle et ravi de finir transformé en paratonnerre ! Tu veux que je te dise quelque chose ? Je hais l'Angleterre, le thé et les Angliches !

Il était là, vitupérant sous la pluie qui redoublait, quand une voiture s'arrêta à notre hauteur.

C'était la Jaguar de Mr Smith.

– Rémi, Pierre-Paul ! cria Mathilde en entrebâillant sa vitre. Qu'est-ce que vous faites là ? Vous répétez un ballet nautique ou quoi ?

Mr Smith, un large sourire sur le visage, s'avança vers nous de sa démarche athlétique.

– *Need a little help, boys ?*

Il nous aida à charger les vélos dans sa malle et, l'instant d'après, nous roulions à vive allure vers Linbury dans la Jaguar de Mr Smith.

– James, dit Mathilde en désignant le garçon

installé sur la banquette arrière. C'est mon correspondant.

– *'llo*, marmonna James sans lever les yeux de sa Game Boy.

– Un temps détestable pour une promenade, fit Mr Smith en lissant les pointes de sa moustache.

– Nous revenons du manoir des Cupoftea, expliquai-je, tandis que Rémi, renfoncé dans son coin, foudroyait Mathilde du regard.

– Un endroit charmant, à ce qu'il paraît, dit Mr Smith. Je n'y suis encore jamais allé.

« Bzzz ! Pang ! Bzzz ! » faisait la Game Boy de James.

– Avez-vous vu le… comment dit-on en français ? Le chat-huant, c'est cela ? continua Mr Smith. Il est si drôle quand il volette devant les barreaux !

– Malcolm, vous avez un vocabulaire proprement étourdissant ! s'extasia Mathilde en papillonnant des yeux.

Pour ma part, je n'avais aucune envie de donner des détails sur notre équipée.

Mais déjà, la Jaguar ralentissait. Les lumières d'*India Cottage* apparurent. Nous étions arrivés.

– À demain, dit Mathilde. Passez une bonne soirée. Nous, nous avons une réception, n'est-ce pas, Malcolm ?

Rémi lui jeta un regard noir et descendit de la voiture.

– '*bye*, articula James, toujours hypnotisé par son jeu.

– Quel navet ! lança Rémi en les regardant s'éloigner. Il s'est fait désintégrer avant même d'avoir trouvé l'escalier du donjon !

– Reconnais au moins que sans Mr Smith, nous étions dans de sales draps...

– Pense ce que tu voudras, P. P. ! Moi, on ne m'ôtera pas de l'idée qu'il y a quelque chose de pas catholique chez ce bon Mr Smith.

La jalousie le faisait délirer. Nous rangeâmes piteusement nos vélos. Mon petit paquet de déguisement était à tordre. J'étais épuisé. Mes débuts de détective s'achevaient lamentablement...

14
Poisons indiens

– À table, *boys*, dit Mrs Moule quand nous descendîmes pour le dîner. Nassir nous a gâtés, ce soir. Vous allez vous régaler !

Elle portait une robe d'intérieur en soie noire, avec des manches chauves-souris, et ses cheveux décolorés, rougeoyant dans la lueur du feu de cheminée, lui donnaient un air inquiétant de grande prêtresse.

Nous nous assîmes à table avec l'entrain de deux condamnés à mort. Devant nous, Nassir déposa quelque chose qui ressemblait à un vieux bouquin moisi.

– Hum ! dit Mrs Moule en se léchant les babines. Je raffole du *meat pie*.

C'était une espèce de tourte à la viande, dont l'odeur seule aurait suffi à décimer un régiment de mouches.

Prudemment, j'attendis de voir Mrs Moule enfourner la première bouchée. Il y avait quelque chose de suspect dans ce festin inattendu, et je n'aurais pas été étonné si le machin gluant qui trônait dans mon assiette avait été truffé de mort-aux-rats. Mrs Moule mangeait avec appétit, ce qui ne me rassura qu'à moitié : un estomac capable de résister aux sandwichs au concombre doit pouvoir résister aux poisons les plus violents.

– Encore un peu, Pheramone ? insista Mrs Moule.

Le teint verdâtre, les dents serrées, Rémi mâchait avec lenteur, surveillé du coin de l'œil par l'impassible Nassir.

Au dessert, nous eûmes droit à une autre spécialité : de la gelée synthétique, d'un rose tirant sur le fluo, que Nassir noya de crème anglaise... Même les premiers chrétiens, à Rome, quand ils descendaient dans l'arène pour être mangés par les lions, n'eurent pas à supporter un martyre aussi atroce.

– Savez-vous qu'en Inde, certaines sectes assassinent leurs ennemis en mêlant à la nourriture des cheveux coupés très fin ? dit Mrs Moule avec gourmandise.

– Vraiment ? parvins-je à articuler, tandis que Rémi, la bouche pleine, était secoué d'un spasme.

– On obtient sensiblement le même résultat avec de la cervelle de crapaud pilée, remarqua pensivement Mrs Moule.

C'est le moment que choisit Rémi pour quitter précipitamment la table.

– Je crois que mon ami n'est pas très bien, dis-je en me levant. Merci de ce... euh... de ce festin, Mrs Moule.

– Oh ! ce n'est rien ! Attendez de goûter ce que vous prépare Nassir pour demain !

La menace voilée que contenait cette dernière réflexion n'avait pas échappé à ma sagacité. Je montai dans ma chambre, surveillé par Nassir dont les yeux luisaient dans la pénombre comme des braises incandescentes, et fermai derrière moi de deux tours de clef.

Impossible de rejoindre Rémi sans être vu par l'inquiétant Nassir. J'essayai le vieux truc de l'internat : un message en morse, tapoté sur la tuyauterie. Une brève, une longue, deux brèves... Pas de réponse. Je recommençai. Rémi devait déjà dormir, épuisé par cette dernière épreuve.

J'essayai de veiller, emmitouflé dans ma bonne vieille robe de chambre. Mais il n'y eut pas de visiteurs cette nuit-là, et je sombrai enfin, emportant dans le sommeil le martèlement lugubre de la pluie sur les carreaux.

15
Révélations

Je marchais à tâtons dans un temple hindou, poursuivi par une horde de Tugs assoiffés de sang.

Ma dernière allumette venait de s'éteindre, il me restait pour une demi-heure à peine de réserve d'eau potable et je sentais ramper, le long de mes rangers, quelque chose de froid et de visqueux…

Soudain, une silhouette horrible se dressa devant moi, brandissant un énorme coupe-chou à la lame affilée comme un rasoir.

– Dé Cuioulberte ! Je te tiens enfin, ignoble aventurier ! hurla l'apparition avant d'éclater d'un rire satanique.

À son cou luisait le collier de perles à huit rangs et, dans la lumière grésillante des torches qui me cernaient, je reconnus Mrs Moule.

Je poussai un cri et m'éveillai.

Je me trouvais sur la descente de lit, entortillé dans mes draps comme un jambon...

La vue de Mrs Moule, attablée dans la cuisine inondée de soleil, ne suffit pas à dissiper l'inquiétante impression laissée par mon cauchemar.

– Votre ami Pheramone ne se sent pas très bien ce matin, dit-elle avec un grand sourire. Il s'est recouché mais il a laissé ce mot pour vous.

C'était un message en verlan, le seul code secret que connaissait Rémi.

« Malade comme un chien, disait-il. Va aux cours sans moi et préviens Mathilde. »

J'hésitai à partir. Et s'il était en train d'agoniser, empoisonné par quelque horrible mixture préparée dans le labo de Mrs Moule ? Plus j'y réfléchissais, plus ses étranges activités dans la remise me paraissaient suspectes. Quelques cheveux coupés très fin, avait-elle dit, ou de la cervelle de crapaud... Et ce livre, dans sa bibliothèque, sur l'art des poisons... Non, décidément, je ne pouvais abandonner Rémi.

– Si, si, insista-t-elle. N'ayez crainte, dé Cuioulberte : je vais m'occuper de votre ami...

À demi rassuré seulement par cette promesse, je gagnai en hâte le collège de Linbury.

Par bonheur, Mathilde était là.

– Comment ! explosa-t-elle quand je l'eus mise au courant de la situation. Vous enquêtez sur un vol de bijoux et vous ne me dites rien, à moi ?

– J'ai essayé, bégayai-je, tâchant de protéger mes yeux de ses ongles acérés.

– Espèces de fieffés cachottiers ! C'est toujours pareil : dès qu'il se passe quelque chose d'intéressant, hop ! Mathilde passe à la trappe !

J'attendis patiemment la fin de la tempête. Il est aussi impossible de discuter avec Mathilde

qu'avec ma sœur… La solution, à mon avis, serait de couper la langue des filles à la naissance. Mais ce n'était pas le meilleur moment pour exposer mes théories à ce sujet.

– Vous ne vous en tirerez pas comme ça, décréta-t-elle. Ce soir, après le dîner, je m'éclipse discrètement et je vous rejoins.

– Et si Mrs Moule te surprend ?

Je regrettais déjà de lui avoir parlé. Les filles sont toujours une source de complications épouvantables, et nous n'avions vraiment pas besoin de cela.

– Un mot de plus, Pierre-Paul, et je te scalpe avec ma pince à épiler, prévint Mathilde. Pas question de me laisser de côté.

Je capitulai. Non que je sois un lâche, mais je crois bien qu'elle l'aurait fait…

De retour à *India Cottage*, à midi, je tombai sur Rémi. Il guettait mon arrivée, en pyjama, le teint pâle mais les yeux brillants d'excitation.

– Ça va mieux ? demandai-je, rassuré de le voir debout.

– Une simple indigestion… Mais j'ai du nouveau, P. P. ! Figure-toi que le médecin que Mrs Moule a fait venir pour moi est aussi celui qui a soigné le colonel Moule ! Pendant qu'il m'examinait, je l'ai interrogé habilement. Il a confirmé ce que nous a dit Piou-Piou l'autre jour : le colonel est bien mort d'un mal mystérieux. Causes inconnues, ce sont les propres mots du docteur Bennett !

Je jetai un coup d'œil inquiet autour de moi.

– Aucun risque qu'on nous entende, P. P. Nassir et Mrs Moule sont partis faire des courses en ville… Attends, ce n'est pas tout. J'ai aussi questionné le docteur Bennett sur un produit que j'ai aperçu dans le labo de la vieille, l'autre jour.

– Eh bien ? dis-je, un peu agacé par son ton théâtral.

– Du Véronal, P.P. ! Un somnifère puissant, d'après le docteur Bennett. Et il y en avait un plein flacon dans le labo. Je le sais, j'ai vu l'étiquette.

– Et qu'est-ce que tu suggères ?

– C'est évident, P. P. ! Quelques gouttes de Véronal dans la tasse de la duchesse et elle s'endort comme un bébé, laissant le temps à Mrs Moule de faucher le collier.

– Tu oublies une chose : la duchesse a pris le thé avec son amie Ethel Merryspoon, pas avec Mrs Moule.

– C'est juste, marmonna-t-il, un peu décontenancé. Il faut chercher autre chose… Et si nous profitions de son absence pour faire un petit tour dans le bureau de Mrs Moule ? Qui sait, nous y trouverons peut-être les indices qui nous manquent ?

– Trop risqué, hésitai-je.

– Allons, P. P., tu ne vas pas te dégonfler ! Pense à ta réputation !

– Mais la clef ? Mrs Moule ferme toujours derrière elle.

– La voilà ! triompha Rémi. Subtilisée ce matin sur son trousseau…

Déjà, il s'élançait dans l'escalier. À bout d'arguments, je tentai bien de le retenir, mais la curiosité l'emporta. Après tout, nous étions seuls dans la maison. Pas question de laisser Pharamon profiter seul de cette aubaine…

16

De troublantes découvertes

– Es-tu sûr que ce soit bien prudent dans ton état ? risquai-je encore tandis que Rémi fourrageait dans la serrure.

– Silence, trouillard.

– Pas trouillard, protestai-je. Seulement prudent !

En fait, mon cœur battait à tout rompre. Nous étions en train de commettre une grosse bêtise.

À l'instant où la porte s'ouvrit en grinçant, je poussai un cri : quelque chose venait de se faufiler entre mes jambes !

– Imbécile ! dit Rémi. Ce n'est qu'un chat.

Nous restâmes un moment sur le seuil sans oser entrer. Le bureau était plongé dans la pénombre ; de gros rideaux de velours écarlate tamisaient la lumière, jetant sur les meubles une lueur rougeâtre.

– Quel fouillis ! dit Rémi. Et dire que ma mère ose se plaindre de ma chambre…

Un désordre indescriptible régnait partout. On aurait dit que le ménage n'avait jamais été fait dans cette pièce.

De gros fauteuils recouverts de plaids étaient tapissés de poils de chats, des tasses sales traînaient dans tous les coins. L'antre de Mrs Moule était un vrai capharnaüm.

Nous entrâmes, ne sachant trop que chercher. J'inspectai d'abord les vitrines poussiéreuses qui ornaient le mur du fond. Elles abritaient, outre quelques hideuses théières décorées, les macabres collections de Mrs Moule.

On y trouvait une collection de statuettes et de masques, tous plus grimaçants les uns que les autres, des casse-tête malais, une sarbacane peinte, munie de flèches minuscules, pointues comme des seringues. Soudain, mes cheveux se dressèrent sur ma tête : au bout d'une pique souriait une petite tête humaine toute flétrie, réduite à la taille d'une pomme de terre bouillie !

– Le trophée indonésien, murmura Rémi. Elle nous en a parlé le premier soir.

M'arrachant à cette hideuse découverte, j'avisai soudain un portrait dans un cadre noirci. Au-dessous s'étalait un nom : Ethel Merryspoon !

Impossible de s'y tromper cependant : le portrait photographique était celui de Mrs Moule.

– Qu'est-ce que c'est que cette histoire ? fit Rémi en se grattant d'un air perplexe.

– Tout concorde ! m'écriai-je. Mrs Moule et Ethel Merryspoon ne sont qu'une seule et même personne !

Comme il ouvrait des yeux éberlués :

– Plus tard, dis-je. Ce serait trop long à expliquer maintenant. Je sens que nous brûlons !

Nous passâmes au bureau de Mrs Moule.

C'était un lourd meuble aux pieds torsadés, croulant sous le plus gigantesque amas de livres et de papiers qu'on puisse imaginer. Au centre trônait une vieille machine à écrire. Tandis que Rémi s'acharnait en vain sur les tiroirs, je procédai à un méticuleux inventaire.

Un gros volume était ouvert sur le sous-main. Un manuel de chimie, à en croire la longue suite de formules et d'équations. Mes connaissances dans ce domaine s'arrêtent à la petite mallette de « Chimie amusante » que ma sœur m'a offerte pour Noël. Je dois dire, pour être tout à fait exact, qu'elle ne l'a plus trouvée amusante du tout après que j'ai manqué de faire sauter toute la maison avec une expérience…

Un nom cependant retint mon attention : cyanure de potassium…

– Un poison foudroyant, mon vieux Pharamon. Voilà ce qu'on fabrique dans le labo de Mrs Moule.

– Regarde, fit-il, brandissant sous mon nez un revolver. J'ai trouvé ça dans un tiroir.

Je reculai d'un pas.

– Attention ! Il est peut-être chargé. Le pistolet d'ordonnance du colonel, à mon avis… Mrs Moule l'aura gardé en souvenir.

– En tout cas, ricana Rémi, en fait d'ordonnances, je préfère celles du docteur Bennett !

– Eurêka ! m'écriai-je. Je crois que j'ai trouvé.

– Trouvé quoi ?

– La preuve que nous cherchions !

Le papier que je tenais à la main était rédigé à l'encre mauve :

« Ma chère Elizabeth, ça y est, je l'ai tué. Quelques gouttes ont suffi. Un poison rare, violent, qui ne laisse pas de trace. J'avoue que j'ai souri au moment de le verser dans sa tasse. Souviens-toi : il a toujours trouvé mon chocolat amer.

Cette fois, il n'a pas eu le temps de se plaindre. Je suis tranquille, il ne parlera plus… »

La lettre s'arrêtait là.

– Je n'y comprends rien, dit Rémi.

– Mais si ! hurlai-je, au comble de l'excitation. La mort mystérieuse du colonel ! Le cyanure ! Cette lettre ! Tout s'éclaire !

Je n'eus pas le temps d'en dire plus.

Derrière nous, la porte s'ouvrit violemment. Mains sur les hanches, le visage congestionné par la fureur, Mrs Moule se tenait sur le seuil, escortée du fidèle Nassir.

17
Prisonniers !

Nous étions faits comme des rats !

– Je vous y prends ! dit Mrs Moule, la voix sifflante de colère. Que faites-vous là ?

– C'est-à-dire que nous… euh…

– Ainsi, vous profitez que j'ai le dos tourné pour vous introduire chez moi comme des voleurs ? Belle manière de me remercier de mon hospitalité !

Elle se tourna vers Rémi, tout pâle dans son pyjama.

– Ravie de voir que vous allez mieux, Pheramone ! Puisque c'est ainsi, filez tous les deux dans vos chambres ! Vous y resterez consignés jusqu'à ce que j'aie pris une décision à votre sujet.

Il était inutile de résister. Les apparences nous accablaient. Tête basse, nous passâmes devant elle, ployant sous le regard furieux dont elle nous écrasait.

– Et ne vous avisez pas de sortir, cria-t-elle encore, ou il vous en cuira !

Nous étions bel et bien prisonniers.

Ce fut le plus long après-midi de toute ma jeune existence.

Reclus dans ma chambre, j'avais beau ressasser la situation, il n'y avait plus guère d'espoir. Mrs Moule s'était-elle aperçue de la disparition de la lettre ? J'avais eu la présence d'esprit de la glisser subrepticement sous ma chemise. Qu'arriverait-il quand elle découvrirait que j'étais en possession de cette preuve accablante ? Nous devenions des témoins trop gênants... C'était clair : jamais nous ne sortirions vivants de son repaire.

Je songeai à mes pauvres parents, à ma sœur. Comment pourraient-ils se consoler de la perte de mon incomparable personne, promise à un avenir éblouissant qui faisait leur fierté ?

De la fenêtre, je pouvais voir Nassir s'activer dans le jardin. Armé d'une bêche, il creusait un vaste trou, de la largeur approximative d'une tombe... « Une tombe à deux places », pensai-je avec un frisson...

Et Rémi ? J'avais beau tapoter sur la tuyauterie, mes messages devaient se perdre dans une autre

partie de la maison car ils restaient sans réponse. Là-haut, la machine infernale de Mrs Moule crépitait de manière ininterrompue. J'avais beau maintenant savoir qu'il s'agissait de la grosse machine à écrire que j'avais vue sur son bureau, ce bruit me glaçait les sangs.

À l'heure du dîner, Nassir me monta un plateau : quelques sandwichs, un bol de soupe auquel je me gardai bien de toucher malgré la faim qui me tenaillait.

Un moment, l'idée me vint de nouer mes draps ensemble comme je l'avais vu faire dans des films. Il suffisait d'enjamber la balustrade et de se laisser glisser jusqu'à terre. Mais je suis nul en gymnastique et, pour la première fois de ma vie, je regrettais d'avoir si souvent méprisé Rémi pour son agilité et ses manières de singe : lui au moins aurait pu s'évader.

Maintenant, la nuit était tout à fait noire. Je dus finir par m'endormir, brisé par la fatigue.

18

Mathilde entre en scène

Soudain, je poussai un cri d'horreur ! Une main surgie des ténèbres venait d'agripper la rambarde de ma fenêtre, bientôt suivie d'une silhouette qui se découpait à contre-jour sur la lune !

Saisissant un polochon, je m'apprêtais à me défendre jusqu'à la limite de mes forces quand une voix irritée se fit entendre.

– Ouvre, Pierre-Paul ! C'est moi, espèce d'idiot !

Mathilde ! Comment avais-je pu l'oublier ?

Rapidement, je débloquai la fenêtre, l'aidai à enjamber la balustrade. Pour un peu, faisant fi de la répulsion naturelle que m'inspirent les filles, je l'aurais serrée dans mes bras.

– C'est malin de me laisser en équilibre au bord d'une gouttière ! Je fais de la danse, mais quand même...

– Je n'ai jamais été aussi heureux de te voir, m'exclamai-je.

– On ne dirait pas : j'ai cru que tu allais m'assommer avec ton polochon.

– Tu es sûre que personne ne t'a vue, au moins ?

– Pour qui me prends-tu ? Mr Smith recevait des amis. J'ai prétexté que j'avais sommeil et me voilà.

Elle allait ajouter quelque chose quand, brusquement, elle me saisit le bras.

– Silence ! On vient !

– Nassir ! bredouillai-je. Il vient me chercher pour me trucider !

La poignée de la porte s'abaissait sans bruit. Tandis que Mathilde se jetait sous le lit, j'attrapai le bol de soupe, la seule arme qui fût à ma disposition, bien décidé à défendre chèrement ma précieuse existence.

À l'instant où la porte s'entrebâillait, je fermai les yeux et, de toute la force dont j'étais encore capable, je fracassai le bol sur le crâne du visiteur.

Il y eut un « ponk ! » sonore, un fracas de porcelaine brisée.

Quand je rouvris les yeux, Rémi gisait de tout son long dans une mare de soupe.

19
La théorie de P. P.

– Pharamon ! beuglai-je. Je l'ai tué !

– Mais non, triple idiot ! dit Mathilde en jaillissant de sa cachette. Regarde, il respire encore.

Saisissant Rémi sous les aisselles, nous l'assîmes dans un fauteuil où il resta hébété, se massant douloureusement le crâne.

– Un ovni, répétait-il. J'ai rencontré un ovni !

– Un ovni poireaux-pommes de terre, si tu veux mon avis, commenta Mathilde en essuyant le potage qui coulait de son front.

– Mais que fais-tu là ? Je te croyais enfermé toi aussi, dis-je en matière d'excuse.

– Tu ne croyais tout de même pas que j'allais attendre sagement dans ma chambre qu'on veuille bien m'assassiner ! Je me suis évadé, voilà tout.

– Mais comment ?

– Par la porte, naturellement ! Elle n'était pas fermée.

– Pas fermée ? m'écriai-je. Et moi qui ai passé l'après-midi à me morfondre !

– Puisque nous sommes réunis, coupa Mathilde, tu ne crois pas qu'il serait temps de m'expliquer ce qui se passe ici ?

Brièvement, je lui racontai nos dernières découvertes.

– Je ne comprends toujours pas… Que signifie

cette lettre, et quel rapport a-t-elle avec le vol des bijoux ?

– Moi aussi, je nage en plein brouillard, avoua Rémi.

Je levai les yeux au ciel.

– C'est pourtant simple… Si vous preniez la peine de faire fonctionner le confetti qui vous sert de cerveau, vous arriveriez aux mêmes conclusions que moi.

Marchant de long en large d'un air pénétré, j'exposai ma théorie.

– Reprenons les faits au commencement. Depuis quelques mois, des voleurs de bijoux pillent la région. Un premier soupçon m'a effleuré quand j'ai découvert que Mrs Moule conservait les articles relatifs à ces vols, dissimulés sous le rabat d'un livre consacré aux bijoux célèbres. Quel intérêt une honorable vieille dame peut-elle bien trouver à ces faits divers, au point de les annoter de sa propre main ? La conclusion s'impose d'elle-même : il faut qu'elle en soit l'auteur, ou du moins l'instigatrice… Vaniteuse comme tous les grands criminels, elle en garde les comptes rendus, à la manière dont un acteur conserve les critiques des pièces dans lesquelles il a joué.

Parvenu à ce moment de mon exposé, je ménageai une pause, le temps de laisser toutes les subtilités de mon raisonnement percer la couche épaisse des cervelles qui composaient mon auditoire.

– Nous en arrivons maintenant au vol chez la duchesse de Cupoftea. Ici intervient un nouveau personnage : Ethel Merryspoon, amie de la duchesse et suspect numéro un puisqu'elle seule a eu la possibilité matérielle de mettre une drogue dans le thé de Mme de Cupoftea… Ce dernier fait, je l'avoue, venait bouleverser ma théorie. À moins d'imaginer qu'elle soit sa complice, Ethel Merryspoon innocentait, par son existence même, Mrs Moule. C'est alors que nous découvrons, grâce au portrait qui trône dans le bureau, qu'Ethel Merryspoon et Mrs Moule ne sont qu'une seule et même personne ! Pour des raisons faciles à concevoir, Mrs Moule vit à Linbury sous une fausse identité. Rien ne lui était plus facile que de verser quelques gouttes de Véronal dans la théière de la duchesse, de prendre le collier et de repartir tranquillement…

– Tu oublies un fait important, P. P., coupa Rémi. Le vol a eu lieu samedi, jour de notre arrivée. Mrs Moule a un alibi parfait puisqu'elle était avec nous !

Je balayai triomphalement l'objection.

– Rappelle-toi : elle est arrivée en retard, ce qui lui laissait tout le temps d'accomplir son larcin ! Quelque chose à ce sujet me tracassait : quelqu'un avait parlé devant moi du manoir de la duchesse. C'était tout bonnement Mrs Moule, le soir de notre arrivée ! Elle s'est excusée de son retard auprès de ce bon Mr Bird en disant qu'elle revenait du manoir…

– Je me souviens, maintenant, confirma Rémi. P. P., tu es un pur génie !

– Je sais, dis-je modestement.

– Et la lettre ? fit Mathilde. Ta fameuse preuve ?

– J'y viens… Qui était le colonel Moule ? Un simple officier de l'armée des Indes ? Un complice qui en savait trop ? Nous ne le saurons jamais. Il est mort l'hiver dernier, d'un mal mystérieux, selon les propos mêmes du docteur Bennett. Connaissant le goût de Mrs Moule pour les poisons rares, j'ai tout de suite pensé qu'il y avait quelque chose de louche dans cette disparition. La lettre trouvée dans le bureau de Mrs Moule confirme cette sublime intuition : elle y avoue de sa propre main avoir empoisonné son mari pour l'empêcher de parler !

– Terrifiant ! murmura Mathilde.

– J'ai toujours dit qu'il fallait se méfier de la cuisine anglaise, fit Rémi avec un frisson rétrospectif.

– En tout cas, dis-je en agitant la lettre, nous avons là de quoi envoyer Mrs Moule en prison pour le reste de ses jours.

Mathilde se leva.

– En attendant, filons. Pas question de moisir ici une minute de plus…

– Pour aller où ? Il est presque minuit et…

– Mathilde a raison. Je n'ai aucune envie de finir truffé de mort-aux-rats, coupa Rémi. Allons trouver Piou-Piou, il saura bien ce qu'il faut faire.

Il n'y avait guère d'autres solutions. Rassemblant quelques affaires à la hâte, je les suivis sur le palier.

20
On tue quelqu'un

– Un instant, dit Rémi en inspectant l'escalier.

Il grimpa à l'étage et en redescendit quelques instants plus tard, serrant dans le poing quelque chose qui luisait.

– Le revolver d'ordonnance du colonel, souffla-t-il. Ça peut toujours être utile.

Prudemment, nous nous aventurâmes dans les escaliers, tâtonnant contre la rampe à chaque marche. Il faisait nuit noire et, à l'exception du vent qui gémissait lugubrement, tout était silencieux dans la maison.

– Tu crois qu'ils dorment ? murmura Mathilde.

Au même instant, comme pour la démentir, un rai de lumière filtra sous une porte.

Nous n'eûmes que le temps de nous jeter dans la bibliothèque pour voir Nassir, coiffé d'un lourd turban indien où brillait une opale, se diriger de sa démarche silencieuse vers la porte d'entrée.

Il l'ouvrit et fit entrer quelqu'un.

– Le visiteur nocturne ! m'exclamai-je.

C'était bien lui. Cette fois, tandis que Nassir tirait les verrous, j'aperçus son visage : des traits lourds, un peu rougeauds, une grosse moustache, des yeux globuleux.

– Étrange, me dit Rémi. J'ai déjà vu ce type-là quelque part.

Le visiteur était à peine entré dans le salon avec Nassir que des éclats de voix se firent entendre, bientôt suivis d'un bruit de bousculade : on aurait dit qu'on se battait à l'intérieur.

– Que font-ils là-dedans ? murmura Mathilde en enfonçant ses ongles dans le bras de Rémi.

Soudain, un cri atroce retentit, à mi-chemin entre un rire humain et le râle d'un cochon qu'on égorge.

– Ils assassinent leur complice ! dis-je, blanc comme un linge. D'abord le colonel Moule et maintenant le visiteur…

– Qu'ils s'entretuent ! décréta Rémi. Moi je détale comme un lapin.

Que faire ? Intervenir ? C'était au-dessus de mes forces. Mais, en fuyant, nous nous rendions complices d'un crime peut-être abominable…

– Restez là, vous autres, et tâchez de gagner du

temps, dit Mathilde, prenant les choses en main. Moi je cours chez Mr Smith chercher de l'aide. C'est l'affaire de quelques minutes.

– Gagner du temps, protestai-je. Tu en as de bonnes !

– Mathilde a raison, P. P., dit Rémi en soupesant dans sa paume le revolver d'ordonnance. Utilisons notre joker.

Déjà, Mathilde avait escaladé l'appui de la fenêtre. Sur un petit signe de la main, elle s'en fut dans la nuit.

– Es-tu sûr qu'il est chargé, au moins ?

– Aucune idée, marmonna Rémi. De toute façon, je ne sais pas tirer.

Et, sur cette parole encourageante, il se dirigea vers le salon d'un pas assuré.

21
Le doigt dans l'œil

– P. P., murmura-t-il en prenant sa respiration, quoi qu'il arrive, je veux que tu saches que j'ai été content de t'avoir connu.

Et, repoussant la porte avec fracas, il entra dans le salon.

Nous restâmes cloués de saisissement : le visiteur et Mrs Moule se tenaient enlacés par la taille, esquissant sur le parquet d'étranges pas de danse. À leurs pieds, assis en tailleur comme un charmeur de serpents, Nassir soufflait dans une flûte indienne. C'étaient les accents lancinants de cet instrument que nous avions pris pour des cris d'agonie…

– Pheramone ! Dé Cuioulberte ! Venez vous joindre à la fête !

Hébété par ce spectacle, Rémi ne bougeait pas, cramponné au revolver comme à une poignée d'autobus. Crânement, je m'avançai.

– La fête est finie, Mrs Moule… Ou devrais-je dire : Mrs Merryspoon ?

Profitant de la surprise générale, je continuai :

– Nous savons tout, Mrs Moule : comment vous avez empoisonné votre mari, comment vous vous apprêtiez à assassiner votre complice ici présent…

– Mon complice ? répéta Mrs Moule. Vous êtes devenu fou, dé Cuioulberte !

– Inutile de nier, Mrs Moule. La police sera là dans un instant.

Le visiteur était resté silencieux jusqu'à présent. Tirant une carte de sa poche, il me la tendit.

– Inutile d'attendre la police, jeune homme, fit-il calmement. Je suis l'inspecteur Moule, de Scotland Yard.

– L'inspecteur Moule ? bégayai-je.

– C'est mon fils, précisa Mrs Moule.

Je compris brusquement pourquoi nous pensions l'avoir vu quelque part. Les traits rougeauds, la moustache : c'était, en plus jeune, le portrait du colonel Moule dans le cadre suspendu au-dessus de la cheminée…

– Mais alors…

– Mon vieux P. P., gémit Pharamon, je crois que nous nous sommes fourré le doigt dans l'œil !

– Et si vous me racontiez tout par le commencement ? suggéra l'inspecteur Moule.

Accablé de honte, je m'exécutai.

Je racontai comment nous avions découvert les étranges lectures de Mrs Moule, le laboratoire au fond du jardin, les articles concernant les voleurs de bijoux... Je racontai notre visite à la duchesse de Cupoftea, la double identité de Mrs Moule, alias Ethel Merryspoon, la lettre enfin par laquelle elle s'accusait du meurtre de son mari.

L'inspecteur Moule m'écouta avec attention, réprimant par instants un sourire amusé.

– Excellemment raisonné, mon jeune ami, dit-il quand j'eus fini. Je crains seulement que vous ayez beaucoup trop d'imagination. La vérité est bien plus simple et tout aussi logique, vous verrez. Me permettrez-vous de vous la donner en quelques mots ?

J'acquiesçai sans rien ajouter. J'avais fait bien assez de dégâts pour ce soir.

22
Les explications de l'inspecteur Moule

– Voilà, commença-t-il en allumant sa pipe. Ma mère n'est pas la criminelle que vous avez imaginée. Vous avez seulement devant vous la célèbre Ethel Merryspoon, auteur bien connu de romans policiers.

Mrs Moule baissa modestement les yeux.

Elle, un écrivain ?

– Ethel Merryspoon est son nom de plume, bien entendu, poursuivit son fils. Cela sonne mieux que Moule, ne trouvez-vous pas ?

« *Merryspoon* veut dire “joyeuse cuillère” en anglais : un nom étrange pour un auteur de romans policiers », pensai-je. Mais je gardai cette réflexion pour moi.

– Les ouvrages que vous avez trouvés dans sa bibliothèque, continua l'inspecteur, ne sont que la documentation qu'elle utilise pour ses romans.

Les cas célèbres, les grands procès criminels, les énigmes non résolues sont une source inépuisable d'inspiration, comprenez-vous ?

– Mais le labo, m'écriai-je, le Véronal, les poisons ?

– De simples expériences pour nourrir mes intrigues, expliqua Mrs Moule. En matière d'empoisonnement, je ne peux écrire n'importe quoi : je dois être crédible aux yeux de mon public, même pour un chimiste de profession. Je dois dire que, dans ce domaine, le docteur Bennett m'est d'un grand secours !

Les idées se brouillaient dans ma tête. J'avais fait fausse route depuis le début !

– Quant à mon père, dit l'inspecteur Moule, nous ne l'avons jamais assassiné, grands dieux ! Il est mort d'une maladie très rare, contractée aux Indes, et contre laquelle les remèdes de la médecine occidentale sont restés impuissants... Ce qui n'a pas empêché les gens de jaser, malheureusement...

Écrasé de honte, je baissai la tête. Comment avais-je pu proférer d'aussi atroces accusations contre la pauvre Mrs Moule ? Le danger écarté, elle ressemblait seulement à une vieille dame un peu originale, incapable à vrai dire de faire du mal à une mouche.

Pourtant, il y avait la lettre, les aveux rédigés de sa main !

– Oh ! une page du roman que je suis en train d'écrire… Mon héroïne est une empoisonneuse. Ce sont ses propres aveux que vous avez trouvés. Ce qui explique ma colère, très excessive je l'avoue : je déteste qu'on mette le nez dans mes papiers quand je travaille à un nouveau livre.

– Vous voyez, jeune homme, dit l'inspecteur devant ma mine déconfite, tout s'explique fort naturellement. Vous avez seulement une imagination débordante. Mais ce n'est pas une romancière qui s'en plaindra, n'est-ce pas ?

Si j'avais pu, j'aurais voulu disparaître sous terre. Moi, le génial P. P. Cul-Vert, l'esprit le plus doué de sa génération, je m'étais fourvoyé sur toute la ligne !

Comment les sandwichs au concombre avaient-ils pu altérer à ce point mes facultés cérébrales ?

23
L'incroyable vérité

– Tout n'est pas éclairci pour autant, s'écria soudain Rémi. Et les bijoux de la duchesse de Cupoftea ?

C'était vrai. Dans cette avalanche de révélations, nous avions oublié les voleurs de bijoux.

– Sans le savoir, vous avez peut-être mis le doigt sur une découverte capitale, intervint l'inspecteur Moule. Scotland Yard m'a dépêché ici dans le plus grand secret pour tenter de résoudre cette affaire. Ce qui vous explique mes visites nocturnes : je suis à Linbury incognito.

Succinctement, je lui racontai notre visite au manoir de la duchesse. Il écouta avec attention, considérant ses propres notes en hochant la tête.

– Puisque vous êtes dans le secret, autant tout vous dire : nous suspectons quelqu'un depuis fort longtemps sans pouvoir l'arrêter, faute de preuves. C'est une autre raison de ma présence ici : *India Cottage* est un excellent poste d'observation.

– Un poste d'observation ? s'écria Rémi. Vous ne voulez pas dire que vous suspectez…

– Mr Smith ? Si, mon jeune ami, dit l'inspecteur. Ou du moins celui qui se fait appeler ainsi. Son installation dans la région coïncide avec le début des vols. C'est un malfaiteur bien connu de nos services, mais rien jusque-là ne nous permet de dire qu'il est bien l'auteur du vol chez la duchesse de Cupoftea.

C'était si incroyable que j'en restai bouche bée. Mr Smith, cet homme si élégant, un voleur international ?

– Rappelle-toi le jour où il nous a ramenés dans sa Jaguar, s'exclama Rémi. Je t'ai dit que ce Mr Smith ne me paraissait pas très catholique. Quelque chose qu'il nous a dit m'avait mis la puce à l'oreille sans que je puisse savoir quoi exactement… Je me souviens, maintenant : le chat-huant. Il nous a demandé si nous avions vu le chat-huant du zoo après nous avoir dit qu'il n'y avait jamais mis les pieds.

J'acquiesçai. Je n'y avais pas pris garde sur le moment, mais il avait raison.

– Or, continua Rémi, enhardi par l'intérêt qu'il suscitait chez l'inspecteur, le chat-huant est un oiseau nocturne. C'est pour cela que nous ne l'avons pas vu, P. P… Il n'a pu apparaître à Mr Smith qu'à la nuit tombée, donc *après* la fermeture du parc !

– Bien raisonné, jeune homme, fit l'inspecteur. Votre déduction serait parfaite dans un roman policier. Seulement, dans la réalité, il faut plus que des présomptions.

– Mais alors ! m'écriai-je : si Mr Smith est le coupable, Mathilde est en danger !

– Bon sang, P. P., tu as raison !

C'était la catastrophe ! Dans l'euphorie des révélations, nous avions oublié Mathilde ! Sous prétexte de chercher du renfort, elle était allée se jeter dans la gueule du loup !

24

Mathilde est en danger

Ce fut une étrange équipée.

– Les vélos, avait crié l'inspecteur. Nous irons plus vite !

Je sautai sur le porte-bagages tandis que Mrs Moule, qui avait tenu à nous accompagner, montait en croupe derrière Rémi avec une souplesse insoupçonnable chez une dame de son âge.

La nuit était d'un noir de suie. L'inspecteur pédalait en tête, suivi comme son ombre par Rémi et son étrange passagère.

– S'il touche seulement un cheveu de la tête de Mathilde, je lui ferai définitivement passer le goût du mouton à la menthe ! marmonnait-il dans sa barbe.

Enfin, nous arrivâmes à la maison de Mr Smith.

Toutes les lumières étaient éteintes. Sautant à bas de sa bicyclette, l'inspecteur tambourina sur la porte.

– Ouvrez ! cria-t-il. Police !

Nul ne répondit.

– Tant pis, dit-il, se reculant pour prendre son élan. Je vais enfoncer la porte.

– Attendez, dis-je, saisi d'une illumination subite. La Jaguar… Elle n'est plus dans la cour.

À la place, on devinait des empreintes de pas et des traces de pneus qui traduisaient un départ précipité.

– Ils l'ont enlevée, pesta Rémi. Nous ne la retrouverons plus.

– Mais si ! L'aérodrome ! Mr Smith pilote un petit avion privé, rappelle-toi. Nous l'avons vu faire des loopings dimanche, avec Mathilde.

– Bien sûr, un avion… approuva l'inspecteur. Et dire que nous nous demandions comment les bijoux volés pouvaient sortir d'Angleterre !

Nous remontâmes en selle, filant comme des dératés dans la campagne obscure.

– Hardi, *boys !* criait Mrs Moule pour nous encourager.

Mais nous n'avions guère le cœur à rire. Malgré les efforts démesurés de l'inspecteur et de Rémi, nous avancions comme des escargots.

– Jamais nous n'arriverons à temps ! haletait Rémi, en danseuse sur les pédales.

Enfin, des lumières apparurent à l'horizon.

– Les balises de contrôle, dit l'inspecteur. Nous touchons au but.

Devant nous se dressaient maintenant la forme sinistre des hangars, une tour de contrôle à peine plus haute qu'un château d'eau, au sommet de laquelle clignotaient des ampoules. Quelques avions se trouvaient rassemblés près du bâtiment principal, et dans ce petit aérodrome de campagne, désert à cette heure, on aurait dit les silhouettes lugubres d'une bande de vautours.

Juste à côté, tous feux éteints, était stationnée la Jaguar de Mr Smith.

– Il est perdu, murmura l'inspecteur. Jamais il ne pourra décoller dans cette obscurité.

Au même moment, tout au bout du champ servant de piste d'atterrissage, un rugissement se fit entendre : un petit avion roulait vers nous, de toute la puissance de ses moteurs, tressautant sur le sol inégal.

– Il s'enfuit ! hurla Rémi.

N'écoutant que son courage, il sauta à vélo et partit à fond de train.

Pétrifié d'horreur, j'assistai impuissant à la tragédie qui se préparait : fonçant l'un vers l'autre sur la piste comme deux chevaliers en tournoi, il y avait la silhouette de Rémi, arc-bouté sur son vélo, et la masse rugissante de l'avion qui prenait de la vitesse.

– Revenez, Pheramone ! criait Mrs Moule. Vous allez vous faire tuer !

À l'instant où la collision semblait inévitable,

l'avion prit soudainement de l'altitude, passant à un cheveu de la tête de Rémi.

Une seconde, celui-ci se mit à zigzaguer dangereusement, puis, tandis que l'avion se perdait dans la nuit, il piqua du nez par-dessus son guidon.

Plus de peur que de mal, heureusement. Nous le vîmes revenir, poussant son vélo à la main et se massant les côtes, les cheveux hérissés de brins de paille.

Si seulement Mathilde avait pu voir avec quel héroïsme il avait tenté de la soustraire à ses ravisseurs !

Mais elle avait disparu, quelque part derrière les nuages, et avec elle la dernière chance de mettre la main sur les bijoux de la duchesse de Cupoftea...

– Pheramone, vous avez été magnifique ! dit Mrs Moule en plaquant sur son front un baiser sonore.

– Ça n'est pas ça qui nous rendra Mathilde, bougonna-t-il avec gêne.

– Écoutez, dit alors l'inspecteur. Vous n'entendez rien ?

Nous tendîmes l'oreille. Quelque part, des coups sourds ébranlaient l'obscurité, comme si l'on avait frappé sur une plaque de tôle.

– Mathilde ! cria Rémi. Le hangar !

Nous nous précipitâmes vers le hangar principal. Par bonheur, la lourde porte coulissante n'était pas fermée au cadenas.

En s'arc-boutant, l'inspecteur Moule parvint à l'entrebâiller et se rua à l'intérieur.

Mathilde était assise sur un bidon d'huile, les poignets liés par une cordelette.

– Rémi, Pierre-Paul ! s'exclama-t-elle, quand on lui eut ôté son bâillon. Vous en avez mis un temps ! J'ai bien cru que vous alliez me laisser ici toute la nuit.

C'était bien de Mathilde… Nous venions de la sauver au péril de notre vie, et la seule chose qu'elle trouvait à dire pour nous remercier était une parole de reproche.

Personnellement, et malgré le soulagement que j'éprouvais de la retrouver vivante, je lui aurais bien remis son bâillon sur la bouche…

25
À suivre...

– Comment dites-vous déjà en français, dé Cuioulberte... Ah ! oui : tout est bien qui finit bien, n'est-ce pas ?

Nous étions réunis dans le salon de la duchesse de Cupoftea. Nous, c'est-à-dire Mrs Moule, alias Ethel Merryspoon, son fils l'inspecteur de Scotland Yard, Rémi, Mathilde et votre serviteur, le mirifique Pierre-Paul de Culbert.

Sur la table à thé surchargée de petits fours trônait dans son écrin le collier de perles à huit rangs.

– Et Mr Smith ? demanda timidement Mathilde.

– Envolé, expliqua l'inspecteur Moule en tirant sur sa pipe. Nous avons décidé d'accepter le marché qu'il nous proposait : la restitution des bijoux contre sa liberté... Je dois dire qu'en l'occurrence, il s'est montré très fair play !

– Tant mieux, soupira Mathilde avec soulagement. Je savais bien que c'était un vrai gentleman.

– Je ne comprends toujours pas pourquoi il ne t'a pas enlevée pour que tu serves de monnaie d'échange, intervint Rémi.

– L'idée de supporter Mathilde a dû lui paraître intolérable, suggérai-je.

Elle haussa les épaules :

– Idiot ! Jamais il ne s'en serait pris à une faible femme.

– Nous avons remonté toute la filière, poursuivit l'inspecteur. Mr Smith était le cerveau de la bande. Son petit avion privé lui permettait de sortir son butin d'Angleterre. Quant à ses complices, ils sont tous sous les verrous.

– Sans mes *boys*, dit fièrement Mrs Moule, Dieu sait à quoi il se serait attaqué ! Aux joyaux de la couronne, peut-être… Nous vous devons une fière chandelle, mes amis !

– C'est nous qui vous devons des excuses, Mrs Moule, dis-je en rougissant jusqu'aux oreilles. Nous ne nous sommes guère montrés dignes de votre hospitalité, j'en ai peur…

– Taratata, dé Cuioulberte ! Tout cela est oublié. Grâce à vous, mon fils sera bientôt nommé superintendant. Et puis, ajouta-t-elle avec un sourire malicieux, vous m'avez donné l'idée d'un prochain livre : je ne serais pas étonnée si mon nouveau détective était un jeune garçon rondouillard affligé d'énormes lunettes de vue…

– N'oubliez pas la moustache et le chapeau melon, renchérit la duchesse en riant.

Quoique le portrait qu'on venait de faire de moi ait été très largement exagéré, je devins écarlate de plaisir.

– Je vous promets de lire tous vos livres pour me faire pardonner, bégayai-je. Je viens juste de me souvenir qu'ils étaient à la bibliothèque du collège.

– La vie à Linbury va vous paraître bien ennuyeuse, désormais, remarqua la duchesse.

– Pas du tout ! protesta Mrs Moule. Vous oubliez Nassir : il leur prépare quelques festins dont ils me diront des nouvelles ! Sans trahir de secrets, je peux vous dire déjà que nous aurons ce soir de la panse de brebis farcie…

– De la panse de brebis farcie ? articula Rémi en déglutissant avec peine. C'est trop gentil à vous, Mrs Moule…

Je ne pus résister à l'éclat de rire général.

– Et puis, ajouta Mathilde, il nous reste encore un mystère à éclaircir…

– Un mystère ?

Elle mit le doigt sur ses lèvres :

– Mlle Pencil et Piou-Piou… Je veux dire Mr Bird… Si vous en croyez mon intuition féminine, des fiançailles se préparent !

– Catastrophe ! pesta Rémi. Voilà qui ne va pas arranger ma moyenne !

Un mystère éclairci, un heureux dénouement,

un mariage en vue : après tout, la réalité n'était pas si différente que ça des romans de Mrs Moule.

– Bah ! dis-je. Il te reste une bonne semaine pour améliorer ton anglais.

– En tout cas, conclut Mathilde, plus d'initiatives inconsidérées, Pierre-Paul ! Pas question d'enquêter sur ma nouvelle famille !

Je promis tout ce qu'elle voudrait.

En attendant de lire ses prochaines aventures dans le nouveau roman d'Ethel Merryspoon, le génial P. P. Cul-Vert avait bien droit à quelques jours de vraies vacances.

– D'ailleurs, ajouta Mathilde, je ne vous lâche plus jusqu'à notre retour en France.

Joignant le geste à la parole, elle se glissa entre Rémi et moi et nous sortîmes bras dessus bras dessous dans le beau soleil qui baignait le parc.

Table des matières

Jean-Philippe Arrou-Vignod

L'auteur

Jean-Philippe Arrou-Vignod est né à Bordeaux en 1958. Il a vécu successivement à Cherbourg, Toulon et Antibes, avant de se fixer en région parisienne. Après des études à l'École normale supérieure et une agrégation de lettres, il a été professeur de français en collège. Boulimique de lecture durant toute son enfance, il s'essaie très tôt à l'écriture et publie son premier roman en 1984 chez Gallimard. Lorsqu'il écrit pour les enfants, il se fie à ses souvenirs, avec le souci constant d'offrir à ses lecteurs des livres qu'il aurait aimé lire à leur âge. En 2006, il crée avec Olivier Tallec les personnages de la série Rita et Machin, aux éditions Gallimard Jeunesse.

Dans la collection Folio Junior, il a publié, entre autres, *L'Omelette au sucre*, *Le Camembert volant* et *La Soupe de poissons rouges*.

Serge Bloch

L'illustrateur

Serge Bloch vit à Paris. Après diverses tentatives pour apprendre à jouer d'un instrument de musique, il suit les conseils d'un ami et se penche sur une table à dessin. Le mauvais musicien se révèle un illustrateur de talent ! Serge Bloch se résume ainsi : « Comme tout illustrateur illustre, j'illustre. Je me suis frotté à la bande dessinée humoristique, je fais quelques albums, des livres de poche et je travaille beaucoup dans des journaux pour enfants. »

Retrouvez d'autres aventures
de **Mathilde, Rémi** et **P. P. Cul-Vert**

dans la série Enquête au collège

LE PROFESSEUR A DISPARU

folio junior n° 558

Rémi, Mathilde et Pierre-Paul Louis de Culbert – surnommé P. P. Cul-Vert – ont remporté le concours d'histoire organisé par leur ville. Le prix ? Il est inespéré : un séjour à Venise ! Ils seront accompagnés par leur professeur d'histoire, M. Coruscant. Mais, au cours du voyage, celui-ci disparaît mystérieusement…

ENQUÊTE AU COLLÈGE

folio junior n° 633

Que se passe-t-il donc au collège ? Qui se promène la nuit dans les couloirs déserts ? Quels secrets abritent les sous-sols où aucun élève n'est jamais allé ? Qui a saccagé la salle des sciences naturelles et assommé M. Cornue, le laborantin ? Le principal cherche des coupables parmi les internes… Une seule solution pour Rémi et P. P. Cul-Vert, aidés de la douce Mathilde : découvrir eux-mêmes la vérité.

Sur la piste de la salamandre

folio junior n° 753

Une chasse au trésor organisée par un journal, quelle aubaine pour Mathilde, Rémi et Pierre-Paul, spécialistes de l'aventure ! Eux qui redoutaient de s'ennuyer pendant les grandes vacances, les voilà lancés sur la piste d'une mystérieuse statuette… qui intéresse beaucoup de monde. Beaucoup trop ! Énigmes et dangers se succèdent sans répit…

P. P. et le mystère du Loch Ness

folio junior n° 870

Que signifient ce message en forme de S.O.S. et cette mystérieuse invitation de Pierre-Paul ? En route pour l'Écosse, Rémi et Mathilde s'interrogent. Quel danger menace P. P. ? Le rugissement d'un fauve au milieu de l'orage, un fracas de vaisselle brisée, des bruits de pas… Leur première nuit à Keays Castle n'a rien de rassurant. Où est donc passé leur ami ? L'incroyable énigme du monstre du Loch Ness sera-t-elle enfin élucidée ?

Le club des inventeurs

folio junior n° 1083

Décidément, P. P. Cul-Vert n'est jamais à court d'idées. Sa dernière lubie ? Présenter un prototype de sa fabrication au grand concours du Club des inventeurs, qui rassemble les génies les plus créatifs de notre planète ! Mais l'ennemi rôde au manoir des Corneilles, bien décidé à s'emparer de cette mystérieuse invention. Pour la protéger, une seule solution : engager Mathilde et Rémi comme gardes du corps…

Mise en pages : Karine Benoit

Loi n° 49-956 du 16 juillet 1949
sur les publications destinées à la jeunesse
ISBN : 978-2-07-061286-4
Numéro d'édition : 149120
Premier dépôt légal dans la même collection : avril 1993
Dépôt légal : juin 2007

Imprimé en Espagne chez Novoprint (Barcelone)